Eine Abhandlung von
Sascha „ponti" Hartmann

Eine Abhandlung von Sascha „ponti" Hartmann

- Intuition
- Zeichen
- Wissen
- Jetzterinnerung
- Zeit
- Dimensionen
- Multiversen

Eine Aneinanderreihung von Worten, die alle etwas anderes bedeuten und in deren einfachen Erklärung man sich schon bei jedem Einzelnen dieser Worte verlieren kann.

Scheinbar nur eine Auswahl von Begriffen, die vielleicht auch auf den ersten Blick nicht alle unmittelbar etwas miteinander zu tun haben und doch auf jeden Fall eben schon die Gemeinsamkeit haben, dass jeder von uns, wenn er anfängt über die Worte im Einzelnen nachzudenken, sich durchaus wie erwähnt in jedem dieser Themen verlieren kann, wobei er unbewusst genau diese Worte allesamt durchlebt.

Die Intuition gibt uns das Gefühl, welches als erstes in uns hochkommt wenn wir das Wort nur sehen oder hören. Nicht nur dass wir diese Intuition nicht wirklich steuern können, sie überkommt die meisten auch nur unbewusst und doch beeinflusst sie nun schon alles, was als nächstes in unseren Gedanken folgt.

Zeichen; dieses Thema möchte ich an dieser Stelle erst einmal etwas nach hinten schieben.

Wissen: Was Sie wissen, beeinflusst die Gedanken die Sie nun bewusst durchgehen.

Nehmen wir uns für genau dieses Beispiel nun einfach das nächste Wort „Jetzterinnerung". Viele haben dieses Wort vielleicht noch nie gehört. Andere haben vielleicht das Wort schon gehört und wieder andere verbinden vielleicht eine ganz bestimmte Fernsehserie damit. Auf jeden Fall beeinflusst genau dieser Stand ihres Wissens Ihre Gedanken über dieses Wort, nachdem eben die Intuition die Basis für dieses bewusste Denken gelegt hat, welches nun analysiert und damit auch eine erste Reaktion hervor ruft. Zum Beispiel Abneigung, Verwirrung, Grübeln, Schmunzeln.

Auf jeden Fall konnten Sie wohl hier schon sehen, dass man sich sehr schnell schon irgendwo verlieren kann.

Und schon kommen die Schwergewichte: Zeit, von der wir nun, ich beim Schreiben, Sie beim Lesen, Hören, Denken, schon wieder etwas weggenommen haben. Jetzt haben wir die Zeit so eingeteilt, wie sie durch einige naturgegebene Phänomene für uns vorgeschrieben ist und wir sie als Mensch am besten empfinden können und unser Biosystem gut damit umgehen kann. Sie sehen dass man hier wie gesagt ganz schnell in einer einfachen Erklärung des Wortes Zeit schon sehr viel von genau dieser aufwenden kann.

Das Thema Zeit wird uns ganz sicher über das Buch hinweg bekleiden. Und sei es nur die Zeit die wir hierfür aufwenden.

Durch das Thema Zeit kann man bei genügender Denkübung, Wissensstand und so weiter auf die letzten beiden am Anfang genannten Begriffe kommen, welche mit Sicherheit so komplex sind, dass es einem Menschen von Vornherein schon schwerfallen mag, sich damit zu beschäftigen.

Die Intuition, wenn man die Begriffe Dimensionen oder Multiversen hört oder liest. Eigene Erklärungen durch analysieren des eigenen Wissensstandes im Zusammenhang mit diesen Wörtern. Erste bewusste oder vielleicht doch unbewusste Reaktionen. Und nun kommt unser bewusstes Handeln, welches genau diese Reihenfolge von Dingen als Resultat hat. Und wie jeder für sich handelt ist so individuell wie viele Menschen es gibt.

Der zweite Akt

Ich möchte hier fürs Erste einen kurzen Schnitt machen und zum nächsten Punkt kommen.

Nachdem ich Ihnen nun direkt am Anfang einige Begriffe an den Kopf geworfen habe und mit Ihnen über diese philosophiert habe, soll nun der Einstieg in die komplexe Abhandlung von mir, die ich Ihnen hier präsentieren möchte, folgen.

Ob dies im Endeffekt wirklich eine Abhandlung wird, wie es laut Begriffserklärung wäre, kann ich nicht einmal sagen. Ich fand nur den Titel nicht nur gut, sondern intuitiv doch auch passend und habe ihn nach Abwegen dann handelnd genommen.

Wer Interviews mit mir über meine bereits erschienenen E-Books gelesen haben sollte, weiß vielleicht auch, dass ich meist die Geschichte entscheiden lasse was es wird und ich einfach schreibe, ohne zu wissen, in welche Richtung es denn gehen wird. Und hier umso mehr, da es, wer meine Geschichten bis hier hin kennt, vielleicht verwundernd sein mag, scheint es doch hier noch nicht wirklich in die Richtung der Belleristik zu gehen.

So wird ohnehin jeder von Ihnen seine ganz eigene Geschichte haben, wie er denn dazu kam, dass er nun meine Worte hört, liest, oder vielleicht auch gerade nur daran denkt. An diese Stelle möchte ich gleich noch einmal zurück springen.

Jeder hat ja in allem seine ganz eigenen Geschichten. Das ist Leben.

Ich erwähnte ja, dass es bei manchen von Ihnen vielleicht den Umstand gab beziehungsweise gibt, dass sie meine Geschichten und Gedichte oder auch Liedtexte von mir kennen und daher neugierig auf dieses Werk waren, oder Sie sind einfach aus genereller Neugier hierauf gestoßen, oder weil Sie eben schon in einem Interview oder auch im Zusammenhang mit Filmen etwas gehört haben, oder vielleicht kennen wir uns ja auch ganz persönlich.

Und da wir gerade, wenn man einen Bogen spannt, quasi bei Erinnerungen und Erfahrungen sind, die ja jeder von uns zweifellos hat, möchte ich nun wieder auf das Vorhergegangene zurückkommen, als ich Sie damit verließ, ob Sie diese Worte hier nun hören, lesen, oder gerade nur darüber nachdenken und wie Ihre eigene Geschichte dazu aussehen mag, wie Sie nun zu diesem Umstand kamen, und möchte nun hier noch einen weiteren Bogen spannen und auf einen der Begriffe am Anfang wieder zurückzukommen: Jetzterinnerung.

Einfach Science-Fiction oder doch nur Realität?
Runde 1: Jetzterinnerung

Ich weiß nicht wie viele von Ihnen den Begriff Jetzterinnerung in Ihrem bisherigen Leben denn schon gehört haben. Ich muss zugeben, dass ich diesen Begriff das erste Mal in einer Science Fiction Serie hörte. Dies nahm ich dann aber zum Anstoß noch etwas mehr Zeit mit dem Begriff Jetzterinnerung zu verbringen. Welch Gedanken und wie man so das ein oder andere nun nennen mag, dabei entstehen können möchte ich Ihnen nun in Form einiger selbsterfahrener Anekdoten schildern.

Jetzterinnerungen könnte man als eine Form von Déjà-Vu bezeichnen.

Ich habe seitdem ich denken kann Momente, in denen ich dachte, ich hätte das gerade zu erlebende, schon einmal erlebt und schon hinter mir. Dies empfand ich damals schon als Kind sehr faszinierend, vielleicht auch verstörend, aber definitiv Interesse weckend.

Ich hatte in meinem Leben immer Phasen, in denen ich mal an sehr vielen Déjà-vu Abfolgen in kurzen Abständen litt, oder dann auch wieder eine geraume Zeit gar nicht mehr und sie schienen schon wieder nur eine Erinnerung und dann kommt wieder ein Phasenwechsel.

Wenn man merkt das man in einer Art des Déjà-vu hängt, in dem man mehrere aufeinanderfolgende Dinge alle vorhersagen könnte, könnte man das ja noch weiter denken und vielleicht sogar versuchen quasi bewusster zu erleben und anfangen zu steuern, ob es vielleicht anders wird, wenn man dieser Abfolge, die man ja schon irgendwie zu kennen scheint, unterbricht und genau was anderes tut und hervor zu rufen probiert.

Ich habe mich viel damit beschäftigt, ob ein Déjà-vu als solches denn eigentlich was Gutes oder Schlechtes sein soll und wie ich diese wechselnden Phasen zu deuten haben sollte. Hier wären wir quasi schon irgendwie an dem Begriff Zeichen am Hineinschlittern, zu dem ich ja sagte, dass ich auf diesen später kommen werde.

Was dieses Denken, wie ich es gerade beschrieb, und deren Auslöser, so wie auch das Thema Zeichen gemeinsam haben ist unter Anderem, wie wir Menschen und auch schon anfangend bei sich selbst, diese Dinge bewerten.

In der Psychologie lernt man eigentlich ziemlich früh, dass man Dinge nicht bewerten soll, sondern quasi eine radikale Akzeptanz brauch. Es gibt viele die das schaffen, allerdings wenn ich nichts mehr für schlecht empfinde, wird es auch schwierig etwas als gut zu empfinden.

Und wenn man nun an dem Punkt ist, einfach so zu akzeptieren wie es ist und unter Anderem eben auch diese Gedanken allein mit den Déjà-vu oder auch Jetzterinnerungen hat und zudem vielleicht auch noch ein wenig über Quantenmechanik gehört hat und vielleicht in diesem Zusammenhang schon von der Vieleweltentheorie was mitbekommen hat, dann kommt man an einem Satz nicht vorbei: „Wenn ich es erdenken kann, so kann es auch möglich sein."

Inwieweit dies nun zu bewerten sei und wie weit man sich in diese Gedanken verlieren mag oder auch nicht, oder welch individuellen Erkenntnisse daraus erwachsen mögen und wie diese dann zu bewerten seien, möchte ich hier nicht erörtern. Jeder Einzelne sollte auf jeden Fall anfangen einfach schon einmal sich selbst vielleicht einfach nur ein bißchen mehr wahrzunehmen und dann natürlich auch seine Umwelt. Aber auch hier sollte es jedem zuzugestehen sein, wenn er das auch nicht will, weil er es vielleicht nicht nur aus seiner Sicht heraus, sondern eventuell doch auch aus Erfahrung, Wissen, oder doch einfach Abscheu von sich verhalten mag.

Zwischenbilanz

Machen wir hier mal eine Zwischenbilanz.

Ich habe Ihnen ganz zum Anfang ein paar Begriffe um die Ohren gehauen.

- Intuition
- Zeichen
- Wissen
- Jetzterinnerung
- Zeit
- Dimensionen
- Multiversen

Mit dem Begriff Intuition, habe ich ja dann auch gleich angefangen.

Zu dem Begriff Zeichen, werde ich mit Sicherheit noch das ein oder andere folgen lassen; wenn auch vielleicht nicht unbedingt bewusst, aber vielleicht erkennen Sie ja ein Zeichen.

Mit den Begriffen der Jetzterinnerung, Zeit, oder auch Multiversen haben wir uns nun schon zumindest ein wenig beschäftigt und auch zu diesen Themen werde ich im weiteren Fortgang vielleicht noch etwas Zeit aufwenden.

So werden wir denn die Dinge mal geschehen lassen und Schritt für Schritt sehen, was noch kommen mag, in welche Richtung oder auch welche Richtungen es gehen mag.

Geschichten

Viele von Ihnen haben sicher, so wie ich es am Anfang schon einmal erwähnte, hier schon längst, obgleich des Titels, Belleristik erwartet. Und eigentlich kann man ja auch nichts besser erzählen, als wenn es von einer Geschichte getragen wird. Also widmen wir uns hier vielleicht nun den ein oder anderen Anekdoten, die ich ja auch schon angesprochen hatte. Hierbei werden wir auch mit hoher Wahrscheinlichkeit in irgendeiner Form den am Anfang aufgezählten Begriffen wieder begegnen.

Fangen wir doch hier an mit der Runde 1 und wir gehen ein paar Geschichten über und mit Déjà-vu und anderen Dingen durch. Mit Sicherheit wird nach und nach immer mal wieder einer der Begriffe im Wechsel fallen und sich überschneiden und wie es eben halt so kommt.

Ehrlich gesagt weiß ich gerade während ich hier sitze und schreibe gar nicht, mit welch einer Geschichte ich hier anfangen sollte. Geschichten aus der Kindheit und den ersten Déjà-vu Erlebnissen, oder Sachen, wie dass man weiß, dass wenn man nun den Raum verlässt die Fußballmannschaft ein Tor schießen wird und genau das natürlich auch so kommt, oder wenn man doch eher schon glaubt man hätte schon fast hellseherische Fähigkeiten?

Ich weiß nicht warum ich gerade auf den Gedanken der Gehirnwäsche komme, aber vielleicht fällt mir ja eine Geschichte dazu ein.

Wobei ich bei dem Thema Gehirnwäsche, wie bei so vielen Dingen was die Realität dazu und Mythen, aber auch einfach Psychologie und sogar Techniken angeht sehr gespalten bin und mich dann auch allzu gerne bis hin in die besagte Multiversentheorie, Dimensionen, digital erschaffene Welt, vielleicht in virtueller Welt lebend, Glauben, Religion, Faktor Mensch und und und gedanklich verlieren kann, was ja im Endeffekt auch nicht gerade gegen eine tolle Geschichte spricht.

Allerdings ist es mit Geschichten so gut wie mit allem: Es gab alles schon. Jede Geschichte wurde schon erzählt, auf mehrere Arten und Weisen. Jedes Lied wurde schon gesungen. Jeder Gedanke wurde schon gedacht. Déjà-vu?

Schöner Sprung zum Thema Zeit: Alles ist schon gewesen, wird noch passieren und passiert gerade jetzt, gleichzeitig, in verschiedenen Universen, verschiedenen Zeitschienen, verschiedenen Dimensionen, alles ist gleichzeitig und doch auch so gesehen nichts. Und alles ist wahr. Oder doch auch nicht? Alles ist möglich. Wenn ich es erdenken kann, ist es auch möglich.

Da fällt mir ein Satz ein: Wenn ein Mensch das Universum erklären kann, dann wird es in sich zusammenbrechen; und es hat schon einer getan.

Auch zu solch Szenarien gab es schon vor der Bibel genug Geschichten, die auch zum Teil auf Realität und aber natürlich auch auf Mythen und einfach nur Gedanken beruhen, die sich eben ein Mensch zu diesem Thema mal gemacht hat.

Falls Sie meine kleine Science Fiction Trilogie noch nicht kennen sollten, möchte ich Ihnen hier den passenden Titel dazu „Geschichten über Bilder, die sind, waren und immer sein werden." ans Herz legen. Hier erzähle ich in drei Teilen, die je gerade mal vielleicht zwanzig Seiten umfassen, Geschichten, aber auch Gedichte, unter Anderem zu dem Thema Zeit, so wie Aliens, Urmenschen, Erlebnissen, bis hin zum Ende des kompletten Universums, gepackt mit Stoff für den vielleicht ein einziges Menschenleben gar nicht ausreicht, um wirklich jeden Gedanken dazu zu erzählen oder gar erst einmal selbst zu denken. So gibt es eben auch zu jedem Thema eben viele Geschichten. Bewertung welche nun besser sein mag oder welche Form oder auch einfach nur Erzählweise er persönlich einfach lieber möge, bleibt hier nun auch wieder jedem selbst überlassen.

Falls Sie nun immer noch auf eine entsprechende Anekdote von mir warten, so hoffe ich nun zumindest, dass Sie vielleicht ja auch einfach selbst gerade eine Anekdote, amüsant, oder eher nachdenklicher Natur, erlebt haben, oder vielleicht auch eben so etwas wie ein Déjà-vu, eine Jetzterinnerung, oder irgendetwas das vielleicht bemerkenswert ist erlebten und erleben und somit Ihre ganz eigene Geschichten und Geschichte schreiben. Ihr Leben.

Ich finde es schön dass Sie Ihre Zeit gerade meinen Worten opfern, obwohl ich Ihnen bis hier hin immer noch keine Geschichte erzählt habe. Vielleicht wird es nun aber doch dafür an der Zeit. Ich kenne viele Geschichten und Lieder und Gedanken. Vielleicht liegt aber auch gerade hier das Problem. Man kann auf normaler Menschenart und in Menschenzeit gar nicht angemessen über jedes Thema, jede Geschichte erzählen. Zumindest nicht so, als dass ein einzelner Mensch dies alles erzählen oder gar erleben könnte.

Schon wieder diese Zeit. Nun kommt mir aber doch gerade hierzu eine kleine eigene amüsante Anekdote in den Sinn. Als ich den ersten Teil meiner Science Fiction Trilogie veröffentlichte, ist mir eben nach besagter Veröffentlichung aufgefallen, dass ich Urmenschen mit einem h schrieb. Und dieser Fehler hat es bis zur

Veröffentlichung geschafft. Zu diesem Zeitpunkt war dies glaube ich mein viertes veröffentlichtes E-Book. Leider nicht der einzige Fehler in den ganzen E-Books, aber doch einer der auffälligsten. Und ich fand es selbst so witzig, weil es mir wirklich erst bei der funktionalen Durchsicht der fertigen Epub von einem E-Book Händler auffiel. Ich habe den Fehler bis heute nicht beheben lassen, wobei dies nur eine Sache von vierundzwanzig Stunden wäre und es gäbe das E-Book nur noch ohne diesen Fehler zu kaufen. Und als dann nach längerer Zeit als erwartet und gedacht und schließlich kaum noch mit Hoffnung geprägt der abschließende dritte Teil meiner Sci-Fi Trilogie veröffentlicht wurde, drehte sich plötzlich alles nur noch um Zeit. Hier könnte ich ein paar Worte schreiben, die ich in Interviews dazu nannte. Aber dies überlasse ich gerne in Ihrer Recherche. Außer vielleicht, dass ich dort auch schon von mir gab, dass im Endeffekt doch einfach nur die Geschichte selbst sein kann, die sagt was sie ist und wie sie wird. Schreiben um des Schreibens Willen. Ein Satz den ich gerne sage. Auch der Titel eines Gedichtmehrteilers der ebenfalls im ersten Teil von „Geschichten über Bilder, die sind, waren und immer sein werden."

Kleine Kostprobe?:

Schreiben um des Schreibens Willen – oder Ewigkeit
Gefangen
Gefesselt an Ketten
Selbst angelegt

Nach der Sonne schreiend
Doch in die Dunkelheit zurückgezogen
Der Wille nach der Allweisheit
Doch schon alles wissend
Umsetzen
Macht
Die Kraft
Übel
Der innere Kampf
Die Zerrissenheit
Das Sein
Einfach leben
Von Anfang bis Ende
Aus der Ewigkeit, in die Ewigkeit

Ende.

Ausgewählte Geschichten, Gedanken und Weiteres

Da ich Ihnen ja nun schon einen kleinen Leckerbissen in Form eines Gedichtes hier gegeben habe, möchte ich Ihnen hier jetzt quasi noch so eine kleine Art Best Of aus meinen bisher erschienen E-Books präsentieren.

Um uns noch ein wenig warm zu machen hier vielleicht erst noch ein Gedankenspiel, welches Sie ebenfalls in den E-Books finden, aber doch auch schon hier hin passt.

Das Gleichnis

Ein einzelnes Raubtier kann schlauer und trickreicher sein, als die meisten seiner Artgenossen.

Dennoch bleibt es in seinen eigenen Grenzen des Daseins als Raubtier.

Und ich bin nur ein Mensch.
-

Die Vergangenheit bestimmt die Gegenwart.
Die Gegenwart bestimmt die Zukunft.
Doch was bleibt?
Der Raum bestimmt die Zeit.
Raum und Zeit sind Grenzen.
Doch sind Raum und Zeit relativ.
Ist das was bleibt auch relativ?
-

Und um auf das Gleichnis zurückzukommen:
Hier und jetzt sind wichtig für unsere eigenen Grenzen von Raum und Zeit und Sein. Gleichzeitig ist es ein Zusammenspiel aus allem was war, was ist, was sein wird und was sein könnte.
-

Doch was bringen all diese Erkenntnisse?
Es zeigt die Zeit.
Es ist Vollmond.
Ein Lächeln macht sich breit.

Beisich – Name ist Programm

Ich bin gerade beim Durchsuchen meiner Geschichten auf eine solche gestoßen, die vielleicht doch eher leicht daher kommt, um hier noch etwas weiter zu machen. Vielleicht auch schon eine Art Vorgeschichte hat. Vielleicht auch noch eine Fortsetzung? Auf jeden Fall nicht immer nur unsere Sicht sondern vielleicht sogar Bewertungen aus ganz unerwarteter Ecke bekommt.

Beisich verdient seinen Lebensunterhalt mit Betrügereien. Er ist von seiner Gewieftheit her vielen überlegen, auch solchen die selbst Meister in diesem Fach sind.

Zudem umgibt er sich gerne mit Menschen, die Marihuana rauchen, da er dies zum einen selbst gerne tut und auch im Garten hinter dem Haus ein kleines Gewächshaus stehen hat, mit welchem er sich dadurch ebenso noch ein wenig dazu verdient.

Zur Zeit kann er sich quasi neuer Gelegenheitsliebhaber einer starken, selbstbewussten Frau nennen, deren Mann vor einigen Jahren unter mysteriösen Umständen verstorben ist, während er an einem offiziellen medizinischen Versuch teilnahm, nachdem er als vermeintlicher Serienmörder verurteilt wurde.

Trotz seiner gewieften Intelligenz und eigentlich ruhigen Art, kann es Beisich dennoch mal passieren, dass er zu drastischeren Mitteln greift.

Diese innere Aggressivität veranlasste ihn auch dazu schon seit Jahren aus reiner Selbstkontrolle kein Automobil mehr zu bewegen, obwohl er ein guter Autofahrer ist und sogar eine Rennlizenz besitzt,.

Zu diesen Dingen gesellt sich noch ein kleiner Anflug von Paranoia, was sich bei ihm so auswirkt, dass immer wenn er einen Raum betritt, er gleich nach den Ausgängen schaut und nach Gegenständen die im Notfall hilfreich sein könnten. Zudem ist er immer auf Alarmbereitschaft wodurch er quasi auch immer angespannt und unter Strom ist, was sich wohl durch den Stress in seiner inneren Aggressivität äußert, obwohl er eigentlich immer versucht ruhig zu sein und sich in den meisten Fällen auch gut im Griff hat, bis es eben ausbricht.

Wahrscheinlich auch einer der Gründe, warum Beisich gerne mal zu Marihuana greift. Ist er dann doch immer gut drauf, lacht viel und denkt nur an Sex.

Aber gerade Frauen schaffen es immer wieder, den mittlerweile im mittleren Alter befindlichen Mann zornig werden zu lassen, was natürlich keine Beziehung lange übersteht.

Er besucht öfter seine bereits erwähnte Freundin. Dass er dort oftmals auf gleicher Art abstruser Personen trifft, wie aus den Kreisen, in denen er üblicherweise verkehrt, und sie auch ihre Geheimnisse hat, macht alles nur noch aufregender.

Beisich hat sich in Schale geworfen und ist nur noch wenige Meter von der Wohnung seiner Liebsten, der aufregenden Witwe, entfernt.

Der Verlust ihres Mannes war tragisch. Wie erwähnt wurde als Mörder verurteilt und nahm auf Grund dessen an einer experimentellen Studie teil, die er nicht überlebte.
Dies ist nun schon ein paar Jahre her.

Sie und Beisich haben sich quasi zufällig kennengelernt.

Als Beisich vor ihrer Tür steht, öffnet sie diese, lächelt und bittet ihn herein. Im Wohnzimmer seiner Liebsten muss Beisich feststellen, dass bereits ein anderer Mann mit südlichem Aussehen dort auf der Couch sitzt. Beisich hatte sich eigentlich auf einen entspannten Abend mit Marihuana und Sex eingestellt und weiß nun nicht, was er überhaupt denken soll. Auch der andere Mann war wohl nicht auf weiteren Besuch eingestellt und ist ebenfalls erst einmal sprachlos.
„Also DiMotro," unterbricht die sexy Frau die Stille, „das wären die Modelle, die ich dir geben könnte anhand deiner Vorstellungen." Damit meint sie drei Pistolen, die vor dem auf der Couch sitzenden Mann auf dem Tisch liegen. Während sie das sagt, läuft sie zu einem Schrank und verschließt dessen Türen. Dann begibt sie sich zurück und

setzt sich auf den Sessel, der auf der anderen Seite des Tisches steht. Die beiden Herren sind immer noch schweigend. „Überlege es dir einfach DiMotro.", beendet sie dann. „Setz dich doch.", wendet sie sich schließlich Beisich zu, der immer noch an der Tür steht, und lächelt ihn wieder an. Beisich setzt sich daraufhin nach wie vor wortlos neben DiMotro auf die Couch. „Ich muss nun auch noch einmal los.", sagt die Frau dann und steht auf. „Aber ich dachte wir machen es uns heute schön.", erwidert Beisich leicht fragend. „Pläne ändern sich.", antwortet die Frau, während sie ihren Blazer überwirft. „Überlege dir, welche du möchtest DiMotro.", sagt sie dann noch, „Also, ihr könnt hier machen was ihr wollt, aber richtet bitte kein Blutbad an." Dann lächelt sie wieder schon leicht lachend und verschwindet dann aus der Tür.

Beisich und DiMotro bleiben verlassen und stumm zurück und schauen sich fragend an.

Nur etwas später ist das Eis dann doch gebrochen und beide sitzen Cannabis rauchend und philosophierend nebeneinander auf der Couch.

Plötzlich kommt eine Katze auf DiMotros Schoß gesprungen. Dieser erschrickt leicht und wusste wohl nichts von einer Katze in diesem Haus. „Keine Angst.", sagt Beisich, „Die ist harmlos. Meistens liegt sie den ganzen Tag in der Küche und schläft und steht nur zum Fressen auf." DiMotro beginnt sie vorsichtig zu streicheln, worauf sich die Katze gemütlich in seinen Schoß schmiegt: „Das Katzenvieh, das Katzenvieh, das irrt sich nie. Ein Verbrecher zu sein, oft mehr nur Schein, übel kann es enden, lässt man sich dann blenden."

„Weißt du," sagt Beisich zu DiMotro, „Es sind diese unscheinbaren aber zugleich extremen Unterschiede zwischen Dorf und Stadt. Wenn zum Beispiel ein Paketbote deine Einfahrt zuparkt, dann steigst du im Dorf einfach mit Ruhe und Bedacht aus deinem Wagen. In den meisten Fällen hat dich auch der Paketbote schon längst gesehen, sprintet zurück, lächelt und winkt, und fährt davon. Und du fährst ohne Stress in deine Einfahrt. In der Stadt steigst du aus, bist sowieso schon viel gestresster, der Typ ist irgendwo weil er die Hausnummer nicht findet, da er womöglich auch zu dumm ist die Nummer auf dem Paket zu lesen und dann tritt er noch die Pakete hin und her. Du fängst an zu brüllen und dann ist die Frage: Schlägerei, Messer, Baseballschläger, Pistole, und wann kommt die Polizei dazu?" DiMotro lacht aufgrund dieser Ausführungen und auch Beisich kann sich selbst das Lachen nicht ganz verkneifen. „Und da komme ich auch schon zum nächsten Punkt. Es ist niemals still. Man hört ständig Sirenen, Hupen, Flugzeuglärm, und das alles auch nachts. Ebenso wird es auch nie richtig dunkel. Ständig hat man diese berühmten Lichter der Stadt; rund um die Uhr. Und auf dem Land, auf dem Dorf, da hast du noch Nacht wo du die Hand tatsächlich nicht vor deiner Nasenspitze siehst. Sternenhimmel, ganz klar. Hörst jedes Tier, jedes Rascheln oder Knacken, oder halt die Teenager am anderen Ende der Straße wenn sie von einer ihrer ersten Partys ohne Erwachsene heim kommen." Ein Moment der Stille und des

Nachdenkens beschleicht die beiden. Beisich macht bei dieser Gelegenheit den Rest des Joints leer. Nachdem dieser Moment vorbei ist, erläutert Beisich weiter: „Und der nächste Unterschied ist, wenn man zum Beispiel bei einer Frau übernachtet." – „Was gibt es da denn für einen Unterschied?", fragt DiMotro scheinbar leicht verwirrt. „Ganz einfach.", fährt Beisich fort, „Auf dem Dorf liegst du dann nebeneinander, vielleicht sogar nackt, in Löffelchen und sie im Arm, und nichts passiert. NICHTS. Am nächsten Morgen steht ihr gemeinsam auf und seit genauso Freunde und im Umgang miteinander wie vorher. In der Stadt wachst du am Morgen gefesselt in einem Bett auf, welches du nicht kennst. Weißt nicht wo du bist und hast keine Erinnerung an die Nacht. Zum Glück konntest du dich aber an die Frau erinnern, als sie zurückkam mit Kaffee und dich befreite. Da stellt sich dann auch noch die Geschichte heraus mit dem mysteriösen Tod ihres Mannes vor einigen Jahren und jetzt sitze ich hier mit dir in ihrer Wohnung und laber dich zu. Was soll ich also noch sagen?" Beisich lacht daraufhin wieder und DiMotro schüttelt einfach nur ungläubig den Kopf.

Wenig später verlassen die beiden Männer das Haus, in der die Witwe wohnt. „Viel wichtiger als etwas nur zu sagen ist, es auch zu machen. Nur wenn es halt schon an den Aussagen hapert, dann wird es schwierig.", erklärt Beisich wieder irgendetwas, „Man schließt Freundschaften, verpflichtet sich einander, vertraut, baut Verbindungen auf. Wer einfach daher kommt und meint er müsse ohne jemanden zu kennen, egal in welcher Umgebung, seine Sachen an den Mann bringen oder zeigen beziehungsweise sagen welch ein harter Junge er ja sei, dann sind das die ärmsten und dümmsten Schweine. Und so einer war das. Aber man darf sich da nicht aufregen, sondern besonnen bleiben, bei sich, Name ist Programm, und schon gar keine negative Energie aufkommen lassen, egal in welche Form. Na ja, genug für heute. Melde dich also falls mal der Bedarf besteht." Beisich verabschiedet sich und hebt die Hand. „Werde ich tun.", erwidert DiMotro, dreht sich um und geht in die andere Richtung weg.

Über den beiden fliegt in diesem Moment ein Rabe hinweg: „Wie er mich trägt der Wind, über all diese Menschen, Häuser und Krach machenden und stinkenden Maschinen hinweg. Die Luft ist kühl und frisch. Aber was der Mensch da unten im Mund hat weckt mein Interesse. Es leuchtet auf. Und wird wieder dunkel. Jetzt leuchtet es wieder auf. Und wird wieder dunkel. Was ist das? Früher habe ich oft Menschen mit so etwas gesehen. Aber nun nur noch eher selten. Ob ich näher ran kommen kann? So ganz nah? So, dass ich es dem Mensch vielleicht stibitzen kann? Der guckt ja die ganze Zeit, als wüsste er was ich vorhabe. Was soll ich Rabe denn vorhaben? Oh da vorne sitzen drei Tauben. Na dann scheuche ich die doch mal auf und schaue was es dort gibt."

Beisich sitzt in seinem Garten und hat am Telefon einen Streit mit seiner Liebschaft.

Eine Feldmaus huscht unter seinem Stuhl hindurch ins Gebüsch: „Auf der Hut sein all die Zeit, als Maus weiß man was das heißt, und immer zu allem bereit, sonst wird man verspeist."

Die Diskussion zwischen Beisich und der Frau wird immer hitziger, als DiMotro Beisichs Garten betritt.

„Ich lege jetzt auf. Mach was du willst. Ich bin jetzt beschäftigt.", sagt Beisich in einem strengen Ton in das Telefon und legt auf. „Die Menschheit hat in all den Jahrtausenden nichts gelernt. Krieg, Hunger, Missgunst, Neid, Hass. Aber vielleicht ist es auch genau das, was uns zum Menschen macht.", sinniert er. „Was kann ich für dich tun?", widmet er sich dann DiMotro zu. „Ich wollte mal probieren, was du mir angeboten hast.", antwortet dieser. „Gut.", erwidert Beisich, „Da hätten wir Lemon, Gorilla und Purple." – „Und wo liegen da die Unterschiede?", fragt DiMotro. „Lemon ist leicht in der Wirkung und fruchtig im Geschmack.", antwortet Beisich, „Gorilla ist schon ganz schön stark und intensiv im Geschmack. Purple ist einer der Klassiker; typisch kräutiger Geschmack und eine gute Wirkung." – „Was würdest du denn empfehlen?", fragt DiMotro weiter. „Also ich mag es klassisch.", antwortet Beisich wieder, „Soll ich uns mal was machen?" – „Sehr gerne.", erwidert DiMotro gespannt auf das, was ihn da erwartet. Gesagt, getan. Kurze Zeit später sitzen beide auf der Terrasse und lassen sich einen Joint schmecken.

Plötzlich klingelt Beisichs Telefon. Nach einem kurzen heftigen Gespräch über das Auto von einem Kumpel von einem Kumpel voll mit Stoff und wo Beisich bitte ganz schnell hinkommen soll, verabschiedet sich Beisich von DiMotro und sprintet davon.

Keiner hat mitbekommen, dass die ganze Szenerie schon eine Zeitlang von der Witwe beobachtet wurde, die an der Gartenhecke steht.

Sie zückt ihr Telefon und ruft jemanden an: „Ich werde ihnen nicht meinen Namen sagen, aber ich habe Informationen für Sie, die möglicherweise von Interesse sein könnten und denen Sie nachgehen könnten. Dafür sollten Sie mir jetzt genau zuhören und mitschreiben, denn ich denke nicht, dass Sie viel Zeit haben."

Eine Schnecke kriecht währenddessen langsam über die Terrasse unter dem Stuhl durch, auf dem DiMotro sitzt und sich, bevor er dann eben auch wieder geht, noch den Rest des Joints schmecken lässt: „Was ein Glück hat mich dieser Vogel vorhin nicht bemerkt, weil er wieder zu viel mit anderen Dingen beschäftigt war. Nun ja, wie gesagt, mein Glück. Dieser Kräuterduft hier ist aber auch zu gut. Ich krieche ja schon gerne hier entlang. Der Mensch hier passt ja auch immer auf uns auf, rettet uns, falls wir mal nicht schnell genug über die Straße kommen oder so. Ich verstehe nur nicht, warum er so sadistisch ist und auch diese Tigerschnecken in seinem Garten duldet. Ich habe ihn schon gesehen, wie er beobachtet hatte, als eine von uns einer Tigerschnecke zum Opfer fiel. Sadist."

Beisich steht in einer kleinen Wohnung, bei einem für ihn wohl bekannten Mann.

Dieser scheint völlig jenseits von Gut und Böse zu sein und liegt komplett fertig und zu scheinbar nichts mehr in der Lage auf seiner Couch und erklärt Beisich, dass er vor dem Haus ein Auto von einem Kumpel parken hat, was dieser nicht weiß, und sich in dem Auto drei Kilogramm Kokain befinden.

Beisich fragt sich erst kurz, warum er deswegen nun auch wieder in so einer Situation hängt.

Dann überlegt er, ob er dieses Wrack auf der Couch nicht einfach umbringt, wieder verschwindet und so tut als wäre an diesem Tag nichts gewesen, oder ob er dem Mann, der ihn angerufen hat und um Hilfe gebeten hat hilft.

„Du bist ein idiotischer Arsch!", schimpft Beisich, „Wo sind die Autoschlüssel?!" – „Auf dem Tisch.", ist die kurze klägliche Antwort des Mannes, der den Schlammasseln herbeigerufen hat. Beisich nimmt den Schlüssel vom Tisch: „Aber du kommst mit!" – „Ich kann nicht(!)", jammert der Mann und fällt fast von der Couch. Beisich schaut dieses bemitleidenswerte Geschöpf einfach nur starr an.

Als nach einem kleinen Austausch der Meinungen und Zustände und Optionen alles geklärt ist, verlässt Beisich die Wohnung wieder und läuft auf der Straße zu einem roten Kleinwagen, welcher vor dem Haus steht. Er schließt diesen auf, schaut sich kurz um und steigt ein. Dann startet er den Motor und fährt los.

Als er gerade um die Ecke biegt, kommt ihm ein Streifenwagen entgegen.

Beisich denkt sich gleich das Schlimmste und Richtige. Im Rückspiegel sieht er, wie das Blaulicht des Streifenwagens angeht und dieser dreht.

Eine wilde Verfolgungsjagd beginnt.

Beisich ist zwar lange kein Auto mehr gefahren und auch davor, hatte er andere Automobile bewegt, die größer waren, mehr Knautschzone und auch mehr PS, als das Vehikel, welches er in dieser nicht gerade alltäglichen Situation bewegen muss, aber auch seine Rennlizenz hilft ihm gerade sehr, bislang die mittlerweile schon vier gezählten Streifenwagen nicht an sich ran kommen zu lassen.

Doch er weiß auch dass er dies nicht mehr lange schaffen wird. Jede Straße raus kann durch eine Sperre blockiert werden. Und irgendwann werden es so viele, dass sie ihn kriegen.

Also etwas Abstand schaffen zwischen sich und den Verfolgern. Starkes abbremsen und raus. Scheiß auf Auto und Stoff und zu Fuß flüchten.

Doch auch dies verschafft nur kurze Zeit und Luft und nur wenig später wird Beisich verhaftet.

Ein Igel sitzt nicht weit weg und verspeist gerade eine Schnecke: *Schmatz; Schmatz* „Immer diese Hektik. Spielen die Menschen nun miteinander, die sich gerade auf einander auf den Boden geworfen haben, haben die eine

Auseinandersetzung oder wollen die sich paaren? Komisch. Stress." *Schmatz; Schmatz*

Ende?

Das Thema Drogen wird ja nicht nur gerne für solch Geschichten hergezogen, sondern ja schon seit Menschenbeginn als Medizin, aber auch gerade für die sogenannte Bewusstseinserweiterung, bei der ja dann Schamanen zum Beispiel mit der Natur, Götter und Geister Welten in Kontakt treten konnten, oder natürlich auch zum Rausch. Und eine Mischung gepaart noch mit starken Emotionen, Gefühlen und Gedanken kann auch mal ganz unerwartet und auch gar nicht so lustig werden.

Blackout
Kapitel 1:

Aufbruch ins Wochenende

Steffi, ein siebzehnjähriges, sehr hübsches, durchaus vernünftiges, aber trotzdem für jeden Spaß zu haben, Vorstadtmädchen, ist in ihrem Jugendzimmer und packt einen Rucksack. Zudem noch einen weiteren Rucksack und ein paar andere Dinge für ein Wochenende mit ihren Freunden. Da klingelt Steffis Handy. Sie geht ran. Am anderen Ende ist Lizzy, Steffis beste Freundin, ebenfalls siebzehn Jahre alt, aber etwas verrückter im Wesen.

„Hey Lizzy.", sagt Steffi, als sie an das Handy geht.

„Hey Steffi.", erwidert Lizzy, am anderen Ende, „Wir sind in ungefähr fünf Minuten bei dir."

„Alles klar.", sagt Steffi, „Ich freu mich schon."

„Ich mich auch.", erwidert Lizzy wieder.

„Also bis gleich.", sagt Steffi noch und legt dann wieder auf.

Dann packt sie weiter ihre Sachen. Als sie fertig damit ist, nimmt sie alles und verlässt das Zimmer. Sie geht in die Küche, in der sich ihre Eltern befinden.

„Ich werde gleich abgeholt.", sagt Steffi zu ihren Eltern, „Ich warte draußen."

„Alles klar.", erwidert die Mutter, „Aber seid vorsichtig und macht nichts dummes."

„Nein Mam.", sagt Steffi darauf.

„Wo soll es eigentlich hingehen?", fragt der Vater dann.

„Das weiß ich noch nicht.", antwortet Steffi, „Boomer wollte uns alle damit überraschen."

„Aha.", erwidert der Vater, scheinbar nicht so sehr darüber erfreut, nicht zu wissen, wo sich seine Tochter das ganze Wochenende befinden wird, „Wie deine Mutter schon sagte, macht nichts dummes und wenn etwas ist, dann ruf an. Dafür hast du ja das Handy."

„Alles klar Papa.", antwortet Steffi strahlend, „Also bis dann."

Steffi verlässt die Küche und geht zur Haustür.

„Bis dann mein Schatz.", ruft ihr die Mutter noch hinterher.

Steffi geht aus der Haustür heraus und stellt sich vor diese, um auf ihre Freunde zu warten. Und es dauert nicht lange, da fahren zwei Autos vor und parken vor Steffis Haus.

Im ersten Wagen sitzt Boomer, ein neunzehnjähriger, recht gut aussehender, Junge, der bei allen beliebt ist. Sein Geheimnis: Er ist heimlich in Steffi verliebt.

Mit ihm im Auto sitzen Steffen, ein siebzehnjähriger Junge, der recht zurückhaltend und schüchtern ist, und Lizzy, Steffis beste Freundin.

Am Steuer des zweiten Wagens sitzt Mike, ein neunzehnjähriger Draufgänger.

In seinem Wagen, auf der Rückbank, sitzen noch Alex, ein neunzehnjähriges Mädchen, die eher die harte Frau darstellt, und Julia, achtzehn Jahre alt, die noch gar nicht so recht weiß, wie ihr Leben laufen soll und wo es hinführen soll und heimlich eine kleine Affäre mit Alex hat.

Steffi läuft freudestrahlend zu den Wagen. Sie geht als erstes zu dem hinteren Fahrzeug mit Mike, Alex und Julia. Steffi begrüßt alle durch das offene Fahrerfenster. Dann geht sie zu Boomers Wagen, der mittlerweile ausgestiegen ist und den Kofferraum geöffnet hat. Steffi wirft ihre Sachen in den Kofferraum, wo noch weitere Rucksäcke und Schlafsäcke liegen. Dann gibt sie Boomer zur Begrüßung einen Kuss auf die Wange und hüpft freudig zur hinteren Tür der Beifahrerseite. Boomer lächelt, schließt den Kofferraumdeckel wieder und geht dann zurück zur Fahrerseite und setzt sich wieder hinter das Steuer. Steffi ist derweil hinten, zu Lizzy, eingestiegen. Die beiden kichern herum. Boomer und Steffen schauen sich an, lächeln und schütteln den Kopf. Dann startet Boomer den Wagen wieder und fährt los. Mike und die anderen folgen ihnen im zweiten Wagen.

Steffis Eltern haben alles aus dem Küchenfenster heraus beobachtet und schauen nun den zwei davonfahrenden Wagen hinterher.

Während der Fahrt…

„Wo fahren wir denn nun eigentlich hin?", fragt Steffi.

„Boomer verrät es uns nicht.", antwortet Lizzy.

Boomer schaut dann nur in den Rückspiegel und lächelt.

„Und wann willst du es uns verraten?", fragt Steffi dann Boomer.

„Ihr werdet es ja gleich sehen, wenn wir da sind.", antwortet Boomer, immer noch lächelnd.

Für einen Moment sagt daraufhin keine mehr was.

„Ich habe meinen Eltern übrigens gesagt, dass ich bei dir das Wochenende übernachten werde.", sagt Lizzy dann zu Steffi.

„Was hast du?", fragt Steffi.

„Es hat nicht jeder so tolle Eltern, die ihre Tochter mal ein Wochenende ins Ungewisse lassen.", antwortet Lizzy.

„Und was ist, wenn deine Eltern meine anrufen?", fragt Steffi dann wieder.

„Keine Angst.", antwortet Lizzy wieder und winkt, mit einem Lachen, ab, „Sie machen sich zwar Sorgen, aber sie sind nicht kontrollsüchtig."

Steffi sagt daraufhin nichts mehr und zieht nur die Augenbraue hoch und schaut dann aus dem Fenster.

„Und du Steffen?", fragt Boomer dann, „Was hast du deinen Eltern gesagt?"

„Ich habe ihnen erzählt, dass ich das Wochenende mit dir verbringe.", antwortet Steffen, „Sie kennen dich ja, mögen dich und vertrauen dir. Damit war die Sache geritzt."

Boomer lächelt wieder.

Im zweiten Wagen…

„Sag mal Mike,", fragt Alex, „hat Boomer dir denn erzählt wo es hingehen soll?"

„Nein.", antwortet Mike, kurz und trocken.

„Mir hat er auch nichts gesagt.", sagt Julia daraufhin.

„Ich glaube, er hat keinem von uns etwas gesagt.", erwidert Alex.

„Naja,", sagt Julia dann zu Alex, „meine Eltern glauben eh, dass ich das Wochenende bei dir verbringe."

„Meine Eltern interessiert es nicht was ich mache.", erwidert Alex darauf, „Und was ist mit dir Mike?"

„Mir geht es ähnlich.", antwortet Mike.

Es herrscht einen Moment lang Stille.

„Sagt mal,", fragt Mike dann und schaut in den Rückspiegel, „warum sitzt ihr beiden denn eigentlich hinten? Möchte nicht eine von euch mir hier vorne Gesellschaft leisten?"

„Vergiss es Mike.", antwortet Alex.

Daraufhin lacht Mike dreckig.

Die beiden Wagen fahren eine ganze Weile über Landstraßen, bis sie auf eine verlassene Straße abbiegen, die ins Nirgendwo zu führen scheint. Die Straße geht fast endlos geradeaus. Die Freunde fahren, bis sie am Ende der Straße an das Tor eines großen Fabrikgeländes ankommen.

Kapitel 2:

<u>**Der Zielort**</u>

Boomer und Mike halten mit den Wagen vor dem Tor der Fabrik. Alle steigen aus.

„Und was ist das?", fragt Alex.

Alle schauen mehr oder weniger ungläubig auf das Fabrikgelände.

„Mein Vater arbeitete hier, als er noch lebte.", antwortet Boomer, „Und vor drei Jahren wurde die Fabrik geschlossen. Nun ist sie völlig verlassen und dem Zerfall preisgegeben."

„Und warum wird das Ding nicht abgerissen?", fragt Mike.

„Das hatten sie überlegt,", antwortet Boomer wieder, „aber die Kosten müsste die Stadt tragen und die sind denen einfach zu hoch."

„Und was ist das für eine Fabrik?", fragt Steffi dann.

„Eine Eisenwarenfabrik.", antwortet Boomer wieder.

„Und hier sollen wir jetzt das ganze Wochenende verbringen?", sagt Alex dann ungläubig.

„Ja.", antwortet Boomer, Begeisterung ausstrahlend, „Wir sind hier ungestört. Wir können hier machen was wir wollen und keiner wird uns Vorschriften machen."

„Hier gibt es nicht mal Handyempfang.", sagt Julia darauf und streckt ihr Handy in die Höhe.

„Ich könnte mir vorstellen,", sagt Mike dann, „dass das hier ganz lustig werden könnte."

„Und was sagst du Steffen?", fragt Boomer dann, immer noch strahlend.

„Ich weiß nicht.", antwortet Steffen, unsicher und nachdenklich wirkend.

„Na kommt schon ihr Weicheier.", sagt Steffi dann und geht Richtung Tor, „Das wird sicher lustig."

Sie öffnet das Tor.

„Na also.", sagt Boomer daraufhin lächelnd, „Das ist die richtige Einstellung."

Steffi hat das Fabriktor nun komplett geöffnet und geht strahlend zurück zu Boomers Wagen.

„Dann auf in den Spaß.", sagt Mike dann noch.

Dann steigen alle wieder in die Autos. Boomer und Mike starten die Wagen und fahren auf das Fabrikgelände.

Boomer und Mike fahren hintereinander, mit Schrittgeschwindigkeit, über das Gelände. Alle schauen sich um. Sie sehen eine riesige Anlage, mit verschieden großen, verlassenen Gebäuden.

Boomer hält vor einem der größeren Gebäude an. Mike parkt hinter ihm. Alle steigen wieder aus.

„Das war das Hauptgebäude.", sagt Boomer, „Vielleicht wäre es am sinnvollsten hier einen Raum zu suchen, in dem wir uns breit machen können und um zu schlafen."

´Okay` ist das allgemein gebrauchte Wort der anderen, mal mit mehr Begeisterung, mal mit weniger.

Boomer und Mike öffnen die Kofferräume ihrer Wagen und jeder bepackt sich mit seinen Sachen. Nachdem Boomer und Mike die Kofferraumdeckel wieder geschlossen haben, gehen sie geschlossen in das Gebäude, vor dem sie geparkt haben. Sie ahnen nicht, dass sie dabei beobachtet werden.

Aus einem der Nebengebäude beobachtet ein zirka fünfzig Jahre alter Mann, der ziemlich verwahrlost ist, wie die Clique ihre Sachen aus den Autos nimmt und in das Gebäude geht.

Die Jungs und Mädchen laufen durch das Gebäude. Ein langer Flur führt durch das Gebäude und auf jeder Seite befinden sich verschiedene Räume. Teilweise liegen Eisenstangen und andere Teile aus Eisen herum. Das

Gebäude selbst ist in einem noch recht guten Zustand, dafür, dass es schon solange verlassen ist. Am Ende des Flurs kommen die Jugendlichen an eine Art riesigen Aufenthaltsraum.

„Das hier sieht doch ganz gut aus,", sagt Boomer, „um uns hier breit zu machen."

Die anderen stimmen ihm, immer noch mehr oder weniger begeistert, zu und beginnen ihre Ruck- und Schlafsäcke abzulegen und auszubreiten. Anschließend setzen sich alle erstmal auf den Boden, beziehungsweise auf ihre Schlafsäcke.

„Und?", fragt Boomer, „Was sagt ihr?"

„Ich weiß immer noch nicht so recht.", sagt Alex.

„Ich finde es spannend.", erwidert Steffi.

„Und auf jeden Fall trinken wir jetzt erst einmal einen darauf.", sagt Mike daraufhin und holt eine Flasche mit Alkohol aus seinem Rucksack.

Egal welche Stimmung jeder einzelne gerade für sich hat, dass jetzt erst einmal etwas getrunken wird, sind sie sich quasi alle einig. Und somit geht die Flasche ein paar Runden umher.

Plötzlich steht der verwahrloste Mann, der die Clique ankommen sah, in der Tür. Als Mike ihn sieht, holt er plötzlich einen Revolver aus seinem Rucksack und zielt auf den Mann. Alle erschrecken sich und jetzt bekommt auch jeder erst mit, dass dieser Mann in der Tür steht.

„Beruhig dich!", sagt Boomer zu Mike, „Ganz ruhig!"

Der verwahrloste Mann steht einfach nur da. Mike zielt weiter mit dem Revolver auf diesen.

„Wer sind Sie?", fragt Mike den Mann, in einem scharfen, aber doch leicht ängstlich klingenden Ton, „Und was wollen Sie?"

„Ganz ruhig mein Junge.", antwortet der Mann, „Ich bin niemand mehr, seitdem die Fabrik hier schließ. Und von euch wollen tue ich auch nichts."

„Haben Sie hier gearbeitet?", fragt Boomer, während Mike immer noch mit dem Revolver auf den Mann zielt.

„Ja.", antwortet der Mann, „Ich war hier so was wie der Hausmeister."

„Und jetzt hausen Sie hier?", fragt Steffi dann neugierig.

„So kann man es ausdrücken Kleine.", antwortet der Mann wieder, „Aber lasst euch von mir nicht stören. Ich nehme an, ihr wollt nur ein spannendes Wochenende hier erleben."

„Ja.", erwidert Steffi dann lächelnd, „So ist es."

„Wie gesagt,", sagt der Mann dann nickend, „lasst euch von mir nicht stören. Macht nur nicht mehr kaputt, als diese Fabrik sowieso schon ist."

„Alles klar.", erwidert Boomer.

Daraufhin nickt der verwahrloste Mann wieder.

„Lassen Sie sich auch nicht von uns stören.", sagt Boomer dann, „Und keine Angst, wir werden die Fabrik nicht abbrennen oder so."

Daraufhin lächelt der Mann sogar kurz. Dann dreht er sich um und verschwindet wieder. Schließlich nimmt auch Mike den Revolver wieder runter.

„Kannst du mir mal verraten, warum du so ein Ding dabei hast?", fragt Boomer dann Mike.

„Den hab ich von meinem Vater geklaut.", antwortet Mike, „Ich dachte, man kann ja nie wissen, was passiert, wenn man ein Wochenende ins Ungewisse macht."

Boomer schüttelt den Kopf.

„Ja.", sagt dann Julia, „Und der Typ macht diesen Ort nicht weniger unheimlich."

„Keine Angst.", erwidert Alex, streichelt Julia dabei über die Beine und strahlt sie dann an, „Der war harmlos. Und wir machen einfach das Beste daraus und werden dann auch gleich mal ein bisschen auf Erkundungstour gehen. Nur wir beide."

Julia schaut Alex an und verzieht leicht die Mundwinkel, scheint aber mit dem Vorschlag einverstanden zu sein.

„Auf jeden Fall ist das ein Anlass, um noch etwas mehr zu trinken.", sagt Mike dann und holt eine zweite Flasche Alkohol aus seinem Rucksack.

„Hast du da auch noch was anderes drin, außer Alkohol?", fragt Boomer dann und schüttelt leicht den Kopf.

„Wenn du wüsstest.", antwortet Mike.

Und so geht eine zweite Flasche im Kreis herum.

Nach einiger Zeit, nachdem alle nun doch schon etwas angetrunken sind, entschließt sich Alex für eine Zeit der Zweisamkeit mit Julia.

„Komm Julia.", sagt sie, „Jetzt lass uns mal auf Erkundungstour gehen."

Julia schaut Alex an und nickt nur leicht.

„Seid aber vorsichtig.", sagt Boomer.

„Keine Angst Papa.", erwidert Alex.

Dann stehen sie und Julia auf und gehen.

„Bis später.", sagt Alex dann noch mit einer leicht verstellten Stimme.

Dann verschwinden die beiden.

„Ich finde,", sagt Mike dann, „dass wir nun ruhig noch einen Gang höher schalten können."

Er fängt an in seinem Rucksack zu kramen.

„Noch mehr Alkohol?", fragt Boomer, der zwar angetrunken ist, aber noch einen recht fitten Eindruck macht.

„Viel besser.", antwortet Mike und kramt weiter.

Steffi und Lizzy schauen sich, auch nicht mehr ganz nüchtern, fragend an. Steffen scheint schon nicht mehr ganz da zu sein.

„Ah, da ist es ja.", sagt Mike und holt einen Beutel aus seinem Rucksack.

„Was hast du da?", fragt Steffi.

„Etwas ganz feines.", antwortet Mike lächelnd und öffnet den Beutel.

„Und was?", fragt Boomer.

Mike holt eine Pille aus dem Beutel und zeigt sie den anderen. Dann nimmt er sie in den Mund und schluckt sie runter.

„Na los. Bedient euch.", sagt Mike und streckt den anderen den Beutel hin.

Boomers Gesichtsausdruck ist skeptisch.

„Ich weiß nicht.", sagt Steffi, ebenfalls skeptisch wirkend.

„Also ich probiere eine.", erwidert Lizzy leicht lächelnd, streckt ihre Hand nach dem Beutel, greift hinein, holt eine Pille heraus und nimmt sie.

„Na gut.", sagt Steffi danach und nimmt sich ebenfalls eine Pille.

„Was soll´s.", sagt auch Boomer dann und nimmt ebenfalls eine.

Dann streckt Mike den Beutel zu Steffen.

„Los Steffen.", sagt er dabei, „Du bist dran."

„Was ist das?", fragt Steffen völlig fertig.

„Was Gutes.", antwortet Mike, „Greif einfach in den Beutel, hol dir eine heraus und schluck sie."

Wie ein Roboter macht Steffen genau das, was Mike gesagt hat.

„Na also.", sagt Mike und lacht dann.

Kapitel 3:

<u>**Keine Erinnerung**</u>

Boomer wacht in dem Gang eines Nebengebäudes auf. Es ist noch Nacht. Boomer scheint orientierungslos und verwirrt. Da bemerkt er, dass er völlig mit Blut beschmiert ist und die Fragen in seinen Kopf mehren sich.

„Was ist hier los?", fragt er sich selbst völlig verunsichert, während er aufsteht und auf seine blutige Kleidung blickt.

Plötzlich packt ihn der Hausmeister am Bein, der scheinbar schwer verletzt auf dem Boden liegt.

„Du Teufel.", sagt er zu Boomer, bevor er wieder regungslos wird.

Boomer ist geschockt. Dann hört er ein Weinen. Es ist Steffi, die zusammengekauert in einer Ecke hockt. Boomer geht direkt zu ihr.

„Was ist passiert?", fragt er sie.

Doch Steffi wehrt sich.

„Geh weg!", schreit sie, „Lass mich in Ruhe!"

„Beruhige dich.", sagt Boomer ruhig, „Ich tu dir doch nichts. Was ist hier passiert?"

Doch Steffi ist völlig hysterisch, reißt sich los und rennt schreiend davon.

„Warte doch!", sagt Boomer und will ihr nach.

Da erblickt er in einem Nebenraum die Leichen von Julia und Alex. Er betritt ungläubig den Raum. Alex´ Gesicht ist völlig eingeschlagen und Julias Körper ist von einer

Eisenstange durchbohrt. Plötzlich schießen kurze Bildfetzen in Boomers Kopf, wie mit einem Revolver auf Alex´ Gesicht eingeschlagen wird und Julias Körper von der Eisenstange durchbohrt wird. Boomer ist nun völlig verstört und rennt Steffi hinterher.

Er rennt aus dem Nebengebäude heraus. Es ist dunkel. Boomer orientiert sich erstmal. Er sieht, dass beide Wagen noch auf dem Hof, vor dem Hauptgebäude, stehen. Dann rennt er in das Hauptgebäude, während er nach Steffi ruft.

Er rennt durch das Hauptgebäude, mit dem Ziel, zum Aufenthaltsraum, wo sie ihr Lager aufschlugen, zu kommen, in dem er hoffentlich Steffi und die anderen findet.

Im Aufenthaltsraum angekommen, wartet der nächste Schock auf Boomer. Lizzy liegt völlig nackt und mit einem Kopfschuss tödlich getroffen auf dem Boden. Steffen liegt daneben, ebenfalls mit einer tödlichen Schusswunde. Und wieder schießen Boomer Bilder in den Kopf, wie Lizzy vergewaltigt wird und ihr dann in den Kopf geschossen wird, und wie Steffen erschossen wird.

Daraufhin bricht Boomer zusammen: „Was ist hier passiert?"

Schließlich kommt Steffi zu ihm gelaufen, die sich nun scheinbar wieder etwas beruhigt hat. Sie erkennt, dass Boomer, der völlig fertig mit den Nerven ist, scheinbar keine Erinnerung mehr daran hat, was passiert ist. Sie setzt sich neben ihn und streichelt ihm über den Kopf.

„Was ist hier nur passiert?", sagt Boomer und fällt mit dem Kopf in Steffis Schoß.

„Kannst du dich denn wirklich an nichts mehr erinnern?", fragt Steffi.

„Nein.", antwortet Boomer, „Was ist hier passiert?"

Steffi beginnt zu erzählen und Boomer versucht in seinem Kopf das Geschehene zu rekonstruieren. Steffi erzählt davon, wie alle im Aufenthaltsraum zusammen saßen. Alex und Julia haben dann den Raum verlassen. Und Mike hat angefangen die Pillen zu verteilen. Soweit reicht auch Boomers Erinnerungsvermögen noch.

„Wir saßen dann halt da, redeten, lachten und tranken.", erzählt Steffi weiter.

Boomer hört zu und versucht sich zu erinnern:

Boomer, Steffi, Lizzy, Mike und Steffen sitzen im Aufenthaltsraum und feiern. Lizzy scheint schon etwas fern der Realität und in ihrer eigenen Welt und starrt mit einem Lächeln in die Gegend. Steffen geht es ähnlich. Er sitzt da, mit weit offenen Augen, aber sein Kopf wird ihm das ein oder andere Mal doch zu schwer, um ihn gerade zu halten. Es sind auch schon einiges an Alkohol und Pillen herum gegangen. Boomer, Steffi und Mike scheinen allerdings noch recht fit zu sein, obwohl natürlich auch an ihnen der Konsum nicht spurlos vorbei geht.

Steffi erzählt Boomer von ihrer vergangen Auslandsreise nach New York. Boomer hört aufmerksam und interessiert zu, doch kann er sein Interesse an der Geschichte und an Steffi nicht so kundtun, wie er gerne würde.

Plötzlich mischt sich Mike in das Gespräch: „New York finde ich voll spannend. Auch wie du davon erzählst."

Mike überredet Steffi, sich doch zu ihm zu setzen, um mehr zu erzählen. Boomer findet das Getue von Mike gar nicht toll. Er erkennt darin nur, dass Mike Steffi abschleppen will. Dabei ist doch aber er verliebt in Steffi.

Alex und Julia haben derweil das Hauptgebäude verlassen. Sie streifen etwas durch das Gelände. Die Sonne strahlt noch hoch oben vom Himmel. Schließlich gehen sie in eines der Nebengebäude.

„Das ist alles so dreckig und trist hier.", sagt Julia leicht angewidert, „Ich weiß echt nicht, was wir hier das ganze Wochenende wollen."

„Dann machen wir eben das Beste daraus.", sagt Alex lächelnd und beginnt an Julia herumzufummeln.

Diese kichert daraufhin leicht. Alex drängt Julia in einen der Räume. Dort zieht sie ihr das Oberteil aus und sie beginnen sich zu küssen. Dabei sind sie völlig ahnungslos, dass der obdachlose Mann sie dabei beobachtet.

Im Hauptgebäude beobachtet derweil Boomer weiter, wie sich Mike immer weiter und immer mehr an Steffi heran macht. Boomer nimmt noch eine Pille und spült diese mit noch etwas Alkohol herunter. Immer mehr schießen Boomer wirre Gedanken in den Kopf, die ihn scheinbar verrückt machen. Er malt sich aus, wie Mike ihm seine geliebte Steffi weg nimmt und ihn dabei noch hämisch ins Gesicht lächelt. Das kann er doch nicht zulassen! Das kann er sich nicht gefallen lassen! Boomer greift in Mikes Rucksack, holt den Revolver heraus, springt auf und zielt auf Mike. Steffi zuckt voller Angst zusammen.

Auch Mike hat Angst, versucht aber Boomer zu beruhigen: „Ganz ruhig Boomer. Was ist denn los?"

„Du weißt ganz genau was los ist.", sagt Boomer mit einem strengen, böse klingenden Ton.

Steffen scheint von alle dem nichts mitzubekommen. Und Lizzy scheint schon fast amüsiert zu sein über diese Situation.

„Boomer.", sagt Mike, „Ich weiß echt nicht was mit dir los ist. Nimm die Waffe wieder runter."

„Ich werde das nicht ungestraft lassen.", erwidert Boomer, wieder mit diesem bösen Ton.

„Ich weiß aber gar nicht, was du meinst.", sagt Mike.

„Doch. Das weißt du ganz genau.", erwidert Boomer wieder.

Plötzlich steht Steffen auf, ohne ein Wort zu sagen und geht auf Boomer zu. Lizzy schaut ihm lächelnd, mit weit offenem Mund und Augen, hinterher. Steffen geht weiter auf Boomer zu.

„Setz dich wieder hin Steffen.", sagt Boomer, scheinbar verunsichert und zielt dabei weiter auf Mike.

„Gib mir die Waffe.", sagt Steffen in einem schon zu ruhig wirkenden Ton und streckt seinen Arm aus.

„Das hier geht dich nichts an.", erwidert Boomer.

Steffen läuft weiter wie ein Roboter auf Boomer zu. Er ist schon so nah, dass er nach dem Revolver greifen kann. Er will ihn packen, doch da zielt Boomer von Mike auf Steffen und drückt ab. Steffen fällt daraufhin tödlich getroffen zu Boden. Steffi schreit auf. Mike erkennt die Gelegenheit, packt Steffi und rennt mit ihr aus dem Raum.

Im Nebengebäude sind Alex und Julia, beide mittlerweile schon fast nackt, wild am Miteinanderrummachen.

Da hält Julia kurz inne: „Hast du das gehört?"

„Da war nichts.", antwortet Alex, „Komm lass uns weitermachen."

Julia ist sich zwar sicher, etwas gehört zu haben, doch lässt sich leicht von Alex wieder zu anderen Dingen hinreisen.

Auch der Obdachlose hat es gehört und geht davon.

Boomer reagiert nicht schnell genug, um Mike und Steffi hinterher zu rennen. Und plötzlich steht auch Lizzy vor ihm, die immer noch in ihrer eigenen Welt ist.

Sie beginnt Boomer zu bezirzen: „Komm. Vergiss die. Vergiss das alles hier."

Während sie das sagt, beginnt sie sich schon langsam vor Boomer auszuziehen. Dieser steht einfach nur regungslos da.

„Komm schon Boomer.", sagt Lizzy, „Gefällt dir das nicht? Vergiss die. Wir haben doch uns."

Plötzlich beginnt Boomer Lizzy die restlichen Klamotten vom Leib zu reisen und wirft sie zu Boden. Am Anfang scheint es Lizzy noch zu gefallen, aber Boomer wird immer heftiger und tut Lizzy immer mehr weh. Langsam versucht Lizzy sich zu wehren, doch Boomer ist stärker und dringt in sie hinein, mit heftigen Stößen. Lizzy hat Schmerzen, beginnt zu weinen und weiß sich aus dieser Situation, in die sie sich selbst mit hinein gebracht hat, nicht mehr zu helfen. Nach ein paar Minuten ist Boomer fertig. Er steht auf und schließt seine Hose wieder. Lizzy rappelt sich langsam, gedemütigt und mit Schmerzen, vom Boden auf.

„Du Arschloch!", beschimpft sie Boomer.

Der sieht sie wieder nur an. Er hält immer noch den Revolver in seiner Hand.

„Ich mach dich fertig!", schreit Lizzy und stürmt auf Boomer zu.

Dieser zielt mit dem Revolver und erschießt Lizzy, mit einem Schuss, direkt zwischen die Augen.

Derweil kommen Mike und Steffi aus dem Gebäude und rennen zu den Autos. Als sie den zweiten Schuss hören fängt Steffi wieder stärker an zu weinen.

„Verdammt!", sagt Mike, „Meine Autoschlüssel liegen in meinem Rucksack!"

Er schaut Steffi kurz an.

„Warte hier.", sagt er dann, „Ich hole die Schlüssel."

„Nein!", erwidert Steffi panisch.

„Habe keine Angst.", sagt Mike zu ihr.

Nach einem kurzen weiteren Blick in die Augen, rennt Mike zurück in das Gebäude. Steffi schaut ihm angsterfüllt nach.

Mike rennt den Gang Richtung Aufenthaltsraum entlang. Da kommt ihm Boomer, der immer noch von Stimmen beherrscht zu sein scheint und den Revolver fest in der Hand hält, entgegen. Mike bleibt stehen. Boomer läuft einfach weiter langsam auf ihn zu.

„Was ist mit dir los Mann?!", fragt Mike.

Boomer antwortet nicht.

„Bist du verrückt geworden?!", fragt Mike weiter.

Plötzlich zielt Boomer mit dem Revolver auf Mike, während er weiter auf diesen zu läuft.

„Du nimmst mir nicht mein Mädchen weg.", sagt er dabei.

Dann drückt er ab. Doch Mike kann ausweichen und in einen Nebenraum flüchten. Boomer folgt ihm mit normalem Schritt. Er betritt den Raum und sucht mit seinen Augen nach Mike. Dieser kommt plötzlich aus einem Hinterhalt gesprungen und reißt Boomer zu Boden. Dabei lässt Boomer die Waffe fallen, die etwas weiter wegrutscht. Mike und Boomer beginnen zu ringen. Boomer kann die Oberhand behalten und reißt sich wieder los. Er kommt an den Revolver, nimmt ihn, steht auf und zielt wieder auf Mike. Dieser schaut Boomer mit weit offenen Augen an. Boomer drückt erbarmungslos ab und tötet nun auch Mike.

Die Sonne geht nun schon langsam unter.

Steffi steht immer noch bei den Autos und hört die Schüsse. Sie ist nach wie vor geschockt und weiß nicht, was sie denken soll. Die Schüsse könnten bedeuten, dass ein weiterer Freund tot ist. Nur wer?

Plötzlich packt sie eine Hand von hinten an der Schulter. Steffi erschrickt dabei und zuckt zusammen. Es ist der Obdachlose.

„Was ist los kleines Mädchen?", fragt er.

Steffi beginnt wieder heftig zu weinen.

In diesem Moment kommt Boomer aus dem Gebäude. Den Revolver wieder fest im Griff. Und immer noch scheint er von Stimmen getrieben.

Der Obdachlose erkennt die Not, packt Steffi und rennt mit ihr in das Nebengebäude. Boomer geht ihnen nach.

Der Obdachlose rennt mit Steffi durch das Nebengebäude. Allerdings ohne wirklich zu wissen, wohin oder was zu tun.

Da kommen ihnen Alex und Julia entgegen, die sich von allem was sie vermuteten zu hören nicht ablenken ließen und die Situation nun, wo sie ihre weinende und verstörte Freundin mit dem Obdachlosen sehen, völlig falsch einschätzen.

„Was machst du mit unserer Freundin du Schwein?!", beschimpft Alex den Obdachlosen.

Doch bevor dieser eine Antwort geben kann, taucht Boomer auf und schießt auf den Obdachlosen, der getroffen zu Boden fällt. Alex und Julia wissen nun noch weniger was los ist. Steffi packt Alex, mit Tränen in den Augen.

„Los kommt!", sagt Steffi schluchzend, „Wir müssen weg! Kommt schon."

Doch Alex und Julia bleiben stehen und schauen zu Boomer, der auf sie zu läuft. Steffi ist wieder voller Angst.

„Was ist passiert Boomer? Was ist hier los?", fragt Alex.

Doch Boomer packt Alex nur, als er bei den Mädels ist, und wirft sie in einen Nebenraum. Immer noch völlig besessen geht Boomer zur am Boden liegenden Alex und hockt sich auf sie. Bevor Alex auch nur einen Hauch einer Reaktion zeigen kann, schlägt Bommer mit seinem Revolver auf Alex` Schädel ein.

Plötzlich trifft Boomer eine Eisenstange in den Rücken. Es ist Julia, die ihrer Freundin helfen will. Doch diese Hilfe kommt zu spät. Alex ist tot. Boomer scheint dieser Schlag keinerlei Schmerzen zu bereiten. Er lässt von der leblos da liegenden Alex ab und baut sich vor Julia auf, die ihn ängstlich anschaut. Boomer reißt ihr die Eisenstange aus der Hand und rammt sie ihr durch den Leib, was am Ende auch ihren Tod bedeutet.

Steffi schaut dem Ganzen entsetzt vom Gang aus zu. Bommers Blick fällt dann wieder auf Steffi, nachdem Julia tot vor ihm zusammengesackt ist. Er geht langsam auf Steffi zu. Steffi weicht erschrocken ein paar Schritte zurück, aber Boomer geht weiter unbeirrt auf sie zu.

Plötzlich trifft Boomer wieder eine Eisenstange. Doch diesmal am Kopf. Wodurch Boomer bewusstlos zu Boden fällt. Es war der Obdachlose, der nochmal Kraft geschöpft hat und Boomer nun mit diesem Schlag erstmal stoppen konnte. Dann bricht der Obdachlose selbst wieder zusammen.

„Oh mein Gott!", sagt Boomer entsetzt, jetzt wo er sich wieder an alles erinnern kann.

Er und Steffi sitzen immer noch im Aufenthaltsraum, wo der ganze Schrecken seinen Anfang nahm.

„Das kann alles nicht wahr sein. Das darf nicht wahr sein.", fährt Boomer fort und bricht buchstäblich zusammen. Steffi versucht ihn zu trösten.

Doch plötzlich fällt schon wieder ein Schuss. Dieses Mal ist es Boomer, der tödlich im Rücken getroffen wird und auf den Boden sackt. Der Schuss kam vom Obdachlosen, der sich schließlich doch noch ein weiteres Mal aufraffen konnte, den Revolver an sich nahm, der noch bei ihm im Nebengebäude gelegen hat, und nun auch den Tod des letzten Freundes von Steffi verursacht hat.

Steffi schreit auf, packt eine der herumliegenden Eisenstangen, rennt auf den Obdachlosen zu und durchbohrt dessen Körper mit der Eisenstange, womit sie auch dessen Tod nun endgültig besiegelt hat.

Anschließend bricht Steffi zusammen. Sie schreit aus voller Seele. Ein Schreien, welcher der Abschluss eines Wochenendes ist, was den Tod ihrer Freunde und den Anfang eines langen Aufenthaltes in einer psychiatrischen Klinik bedeutet. Und es sollte doch alles nur eine spaßige Zeit sein…

Ende

Ein Gedicht über das Denken

Und hier gebe ich einfach noch einmal an ein Gedicht ab, welches ich ebenfalls an anderer Stelle bereits veröffentlicht habe.

Ein Gedanke verpufft.

Einer geht, einer kommt, einer verweilt.

Kirschduft liegt in der Luft.

Nichts ist für die Ewigkeit,

und doch schon immer da.

Lang davor und weit danach.

Dies ist nur unsere Gegenwart.

Der Gedanke liegt brach.

Alles ist Relativ.

Zeit und Raum.

Positiv wie Negativ.

Auch das Alter von einem Baum?

Noch mehr Gedanken.

Keine Lust sie zu fangen.

Um Sie nun noch einmal auf eine andere Schiene zu bringen, nehme ich Sie nun kurz mal mit zu einer Zugfahrt.

Die Zugfahrt

Ich sitze im Zug, an einem Fensterplatz und schaue mir die Landschaft an.

Der Zug ist gut gefüllt.

An der nächsten Station steigt eine Dame ein und setzt sich neben mich. Sie schaut auf ein E-Book.

Hinter uns in der Reihe sitzt ein Mann, der in einem gebrochenen Englisch telefoniert.

Die Dame schnauft und dreht sich mehrmals um, um dann wieder, kopfschüttelnd auf ihr E-Book zu schauen.

An der nächsten Station bleibt der Zug eine Weile stehen, weil wir von einem anderen Zug überholt werden.

Wieder schnauft die Dame und schaut kopfschüttelnd auf ihre Uhr.

Ich stehe auf und setze mich auf der gegenüberliegenden Sitzreihe neben eine andere etwas jüngere Dame auf den Sitz am Gang.

Diese jüngere Dame lächelt mich an und fragt mich, ob es einen Grund gäbe, dass ich mich nun zu ihr gesetzt habe.

„Ja.", antworte ich, in einem ruhigen Ton, „Ich möchte mich von dem Stress der Dame, neben der ich zuvor saß, nicht anstecken lassen, denn Stress ist nicht gut. Schon gar nicht für mich."

„Was!?", faucht die Dame mit dem E-Book, plötzlich in meine Richtung, „Das ist unverschämt!"

„Ich möchte alles andere als unverschämt sein, meine Dame.", erwidere ich ruhig, „Es ist nur eine Tatsache, dass Sie mir einen sehr gestressten Eindruck machen. Und ich möchte mich, wie gesagt, einfach nicht von diesem Stress anstecken lassen, weil das nicht gut ist."

„Sie kommen sich wohl sehr schlau vor!", faucht die Dame weiter.

„Kommt darauf an, was Sie als sehr schlau bezeichnen, meine Dame.", antworte ich, nach wie vor ruhigen Tones, „Wenn Sie meinen IQ meinen, muss ich zugeben, dass dieser wohl überdurchschnittlich hoch ist. Wenn Sie meine soziale Intelligenz meinen, lässt sich darüber sicher streiten. Wenn Sie mein Wissen über Geschichtliches, oder etwa Physik, Theorien wie zum Beispiel die Viele-Welten-Theorie der Quantenphysik, oder das Thema Universum, mit allem was es beinhaltet, von Entstehung, Zeit und Raum, Leben, bis Verfall und Tod meinen, oder gerne auch Banales, wie mein Wissen über Film und Musik, dann könnte man auch sagen, ich sei schlau."

Durch meine letzten Aussagen habe ich nun auch die Aufmerksamkeit der unmittelbar benachbart sitzenden Gäste im Zug auf mich gezogen.

„Dann erklär uns doch mal was.", sagt ein Mann mittleren Alters zu mir.

„Was möchtest du denn wissen?", frage ich, „Denn wenn ich jetzt anfangen würde alles zu erzählen, was ich weiß, würde die Zeit meines jetzigen Lebens sehr wahrscheinlich nicht ausreichen, um alles zu erzählen, geschweige denn die Zeit, die wir nun noch zusammen im Zug verbringen. Außerdem ist es sehr schwer für das menschliche Gehirn, alles zu verarbeiten. Nicht nur für den, der zuhört, sondern auch für den, der erzählt. Nehmen wir zum Beispiel die Theorie der neun Dimensionen. Der Mensch kennt drei Dimensionen, in denen er sich mit all seinen Sinnen befindet und das während seines ganzen Daseins. Aber nehmen wir nun einmal an, es gäbe noch mehr Dimensionen, die man aber nicht einfach so greifen kann, obwohl sie uns doch umgeben. Zeit und Raum. Auch nur Konstruktionen, in denen wir uns bewegen. Aber stellen sie sich mal vor, dass Vergangenheit, Gegenwart und Zukunft gleichzeitig existieren und das an allen denkbaren Orten. Und dazu dann noch die Variablen, dass immer wenn eine Sache passiert, gleichzeitig aus demselben noch weitere unzählbare Varianten entstehen und das immer weiter gesponnen und immer weiter und doch immer auch alles gleichzeitig, obwohl doch eigentlich fortlaufenden.

Angefangen bei der Ursuppe und dem Urknall. Dessen Berechnungsformel übrigens die gleich ist, als würden Sie ein schwarzes Loch berechnen wollen. Also wenn ich quasi Anfang und Ende mit demselben berechne, ist es dann nicht also auch gleich? Und gesehen mit dem Konstrukt Zeit, also auch gleichzeitig? Das alles des Daseins und des gegenteiligen Nichts? Ein solches Phänomen kann man übrigens auch in einer einfachen leeren Tasse Kaffee wiederfinden. Dort tauchen plötzlich Teilchen auf, verschwinden wieder, tauchen plötzlich an anderer Stelle wieder auf. Und wenn nun also alles gleichzeitig, in allen Varianten die man sich nur vorstellen kann, von Anfang bis Ende und noch weiter und davor, passiert, ist es dann nicht damit im Endeffekt vielleicht sogar egal, was ich jetzt erzählen würde, weil es im Endeffekt eh relativ wäre, weil eben eh schon passiert und gleichzeitig doch nicht? Das alles sind aber wiederum auch größtenteils nur Theorien. Genau so, als wenn der Zug nun theoretisch entgleisen würde und wir alle sterben, oder vielleicht doch eher in einer anderen Variante, wir alle von Aliens mit auf ihre Welt genommen werden? Wäre das dann nicht theoretisch auch relativ oder mit einem anderen Wort: egal; weil doch eh so gesehen nach diesen Theorien, alles gleichzeitig passiert, oder eben doch eigentlich einfach gar nichts passiert, weil auch noch nie irgendetwas passiert ist und gleichzeitig doch alles zur gleichen Zeit an allen Orten passiert?"

Plötzlich eine Durchsage im Zug: „Wir erreichen unsere Endstation. Alle Fahrgäste bitte aussteigen."

Ich sitze wie von Anfang an neben der Dame mit dem E-Book und schaue aus dem Fenster.

Die Dame schnauft wieder, während sie auf ihre Uhr sieht. Der Zug hat nun ja auch schon zwei Minuten Verspätung.

Und ich mache mir weiter meine Gedanken.

Ende

Gefährliche Fantasie

Und damit die Grenzen zwischen dem was ist, was sein könnte und so weiter noch mehr verschwimmen, hier gleich noch ein paar Geschichten.

Jack Gartner ist ein junger, gut aussehender Mann. Von Beruf ist er Schriftsteller. Seine Passion sind Horror-Kurzgeschichten. Zurzeit arbeitet er an einem neuen Sammelband solcher Geschichten, für welches er eine Deadline von seinem Verlag bekommen hat. Aber er liegt gut in der Zeit und das Arbeiten geht ihm leicht von der Hand. Nur noch drei weitere Geschichten und dann ist der neue Sammelband fertig.

Als Kind, eigentlich ist Jack immer noch ein halbes, durfte Jack recht viel. Mit bereits zwölf Lebensjahren hat er seinen ersten Horrorfilm gesehen. Im selben Alter entstanden dann die ersten eigenen Ideen in seinem Kopf. Er schrieb sie auf und nach und nach wurden richtige Geschichten daraus. Als er dann noch nicht ganz zwanzig Jahre alt war, zeigte der erste Verlag Interesse an Jacks Arbeit. Das Ganze ist nun knapp acht Jahre her.

Jack lebt in dem alten, weit abgelegenen Haus seiner Eltern, welches er vor zwei Jahren erbte. Nur eine Straße führt zum nächsten Dorf und dazwischen liegen nur unzählig viel Wald und Wiese.

Natalie, eine junge hübsche Dame, die Jack von der Schule kennt, wohnt zur Zeit bei ihm, da sie aus ihrer Wohnung geworfen wurde und noch nichts neues gefunden hat.
Jack wäre gerne mehr für Natalie, als nur ein Freund. Nur wenn man schon so lange befreundet ist, gestaltet es sich als schwierig. Auch wenn Jack diesen Gedanken nicht erst seit gestern hat und dieser Gedanke auch vielleicht ein wenig damit zu tun hat, dass er Natalie bei sich einziehen lies, als sie nicht wusste wohin, so hatte er doch nie den Mut gefunden, etwas zu sagen.

Jack sitzt in seinem Arbeitszimmer und schreibt.
Er schreibt alles zuerst per Hand auf einen Block, bevor er es ins Reine tippt.
Gestern hatte er die drittletzte Geschichte für den neuen Sammelband angefangen. Die Idee dazu kam ihm beim Duschen. Sie soll den Titel „Geister kennen keine Gnade" tragen. In dieser Geschichte geht es um einen Polizisten,

der einige Gangster erschießt, welche dann als Geister wieder auftauchen.

Heute würde Jack die Geschichte nicht fertig schreiben. Aber bald. Vielleicht schon morgen.

Nachts träumt Jack schlecht. In seinen Träumen suchen ihn die Geister, die der Polizist in seiner Geschichte erschossen hat, heim. Der Traum wirkt sehr realistisch und Jack sieht, wie die Geister an sein Bett kommen und…

Jack wacht schweißgebadet auf.

Aus dem Nebenzimmer kommt Natalie, die trotz räumlicher Trennung, Jacks unruhigen Schlaf mitbekommen hat. Sie trägt ein seidenes, rosafarbenes Nachthemd. Ihre fast schwarzen Haare schimmern bläulich im Mondlicht, welches durch das Fenster in Jacks Zimmer scheint.

Sie fragt Jack, was los wäre und ob etwas passiert ist. Ihre liebliche Stimme scheint beruhigend auf Jack zu wirken. „Nein. Geh ruhig wieder schlafen.", antwortet Jack, „Ich hatte nur einen schlechten Traum." – „Dann ist ja gut.", erwidert Natalie mit ihrer lieblichen, beruhigenden Stimme, „Dann gehe ich wieder in mein Bett. Gute Nacht." Jack lächelt sie an. Sie lächelt kurz noch zurück, dann dreht sie sich um und geht wieder in ihr Zimmer. Jack sieht ihr nach. Das Mondlicht scheint auf Natalies makellose Beine. Ein angenehmer Anblick für Jack.

Das letzte, an das sich Jack aus seinem Traum erinnern kann, ist dass einer der Geister ihm mit einem Messer in die Hand geschnitten hat. Im gleichen Moment, als sich Jack daran erinnert, spürt er auch einen kleinen Schmerz an seiner Hand.

Jack betrachtet seine Hand und sieht, dass er einen kleinen Schnitt in der Handinnenfläche hat. Jack ballt die Faust und runzelt die Stirn. Er grübelt, wie es zu dieser Verletzung gekommen sei. Schließlich legt er sich aber wieder hin und schläft wieder ein.

Am nächsten Tag sitzt Jack in seinem Arbeitszimmer an seinem Block mit den Schriftstücken.

Die letzte Nacht hängt ihm noch sichtlich nach.

Unterschiedliche Gedanken schwirren durch seinen Kopf.

Alles nur Einbildung? Oder ist es doch tatsächlich passiert?

Sollte er vielleicht sogar diesen Block verbrennen? Oder ist er schlafgewandelt? Was passiert da?

Plötzlich scheint Jack eine scheinbar mystische Stimmer aus der Ferne zu hören: „Schreib… schreib… schreib…" Jack starrt auf den Block. Dann schlägt er die Seite auf, in der er den Tag zuvor aufgehört hatte zu schreiben, ergreift den Kugelschreiber und beginnt seine Geschichte weiterzuschreiben.

Er scheint wie im Banne zu sein. Er schreibt, schreibt und schreibt. Nicht einmal zum Essen steht er auf. Und es scheint als müsse er nicht einmal auf Toilette. Bis in die Nacht hinein schreibt Jack an seiner Geschichte mit den Geistern.

Mitten in der Nacht, Jack schreibt immer noch, tritt Natalie in die Tür des Arbeitszimmers.

Sie lag schon im Bett. Als sie kurz wach wurde, bemerkte sie, dass in Jacks Arbeitszimmer immer noch Licht brennt. Und da sie sich Sorgen macht, schaut sie nach ihm.

Sie trägt wieder ein verführerisches Nachthemd, aber Jack bemerkt sie überhaupt nicht, da er in seine Geschichte vertieft ist.

Natalie schaut Jack eine ganze Weile unbemerkt zu, bis sie sich dann wieder auf den Weg in ihr Zimmer macht, sich dort zurück ins Bett legt und nach einer kurzen Weile des Nachdenkens wieder einschläft.

Am nächsten Morgen sieht Natalie, dass immer noch Licht in Jacks Arbeitszimmer brennt. Sie wundert sich und geht noch einmal nach Jack schauen.

Dieser ist an seinem Schreibtisch, auf seinem Stuhl sitzend, eingeschlafen. Sein Kopf liegt auf seinem Schreibblock und den Kugelschreiber hält er noch fest in der Hand.

Natalie nimmt den Kugelschreiber aus Jacks Hand und legt ihn auf den Schreibtisch.

Mit Mühe bringt sie dann Jack in sein Schlafzimmer, wirft ihn auf sein Bett und deckt ihn leicht zu.

Erst am späten Nachmittag steht Jack wieder auf.

Er geht, scheinbar total gerädert, in die Küche.

Dort sitzt Natalie, mit einer Tasse Kaffee, am Küchentisch.

Sie trägt ihre hautengen Jeans, was Jack sofort auffällt, denn diese Jeans trägt sie nur, wenn sie ausgeht. Jack sagt aber nichts. Kein Kompliment. Keine Frage was sie denn vorhätte.

Eine Weile sagt niemand was.

Auch Natalie schaut Jack einfach nur an, trinkt ihren Kaffee und sieht Jack zu, wie sich dieser ebenfalls eine Tasse aus dem Schrank holt und sich Kaffee einschenkt.

„Hast du die Geschichte fertig geschrieben?", fragt dann Natalie, nach dieser kurzen Weile der Stille. Plötzlich reist Jack seine Augen auf, als wäre etwas durch ihn durch gefahren. Er stellt seine Tasse und die Kanne mit dem Kaffee schnell wieder ab und rennt in sein Arbeitszimmer. „Jack?!", ruft ihm Natalie fragend hinterher und läuft ihm dann nach.

Jack hält seinen Block in den Händen. Er erkennt, dass er die komplette Geschichte zu Ende geschrieben hat, ohne sich wirklich daran zu erinnern.

Natalie bemerkt Jacks Entsetzen in seinem Gesicht, geht nah an ihn ran, streichelt ihm über den Kopf und fragt ihn was los sei. Jack zwingt sich dadurch zur Ruhe, schließt die Augen und antwortet: „Nichts. Alles gut."

An diesem Tag schreibt Jack nicht.

In der Nacht hat Jack Angst einzuschlafen. Er wirft sich wach von einer Seite auf die andere in seinem Bett. Sein Bett gibt dabei quietschende Geräusche von sich. Dies hört Natalie. Sie geht in Jacks Schlafzimmer, um nach ihm zu sehen.

Sie trägt einen zweiteiligen, grünen Schlafanzug. Aber auch in diesem schaut sie einfach nur verführerisch aus.

Sie setzt sich auf Jacks Bett, der sie seit dem Betreten des Zimmers ansieht, aber kein Wort sagt. Natalie streicht ihm wieder leicht über den Kopf. Sie schauen sich tief in die Augen. Jack streichelt Natalies Bein. Langsam bewegen sich ihre Köpfe auf einander zu. Ihre Lippen kommen sich immer näher und näher, bis sie sich berühren. Jack und Natalie geben sich einen leichten Kuss, doch Natalie schreckt sofort zurück und springt auf. „Wir sollten das nicht tun.", sagt sie, „Tut mir leid.", und geht aus dem Zimmer.

Jack bleibt grübelnd zurück. Er greift sich an den Kopf. Soll er hinterher gehen? Soll er sich entschuldigen? Oder sollte er sie überzeugen, dass das doch gar kein Fehler sei?

Eine Weile vergeht bis Jack beschließt, in Natalies Schlafzimmer zu gehen und mit ihr zu reden, auch wenn er immer noch nicht weiß, was er eigentlich sagen sollte.

Jack steht nun in der Tür von Natalies Schlafzimmer. Natalie ist längst wieder eingeschlafen. Hat sie geweint? Das Mondlicht, welches durch das Fenster scheint, bringt Natalies Gesicht regelrecht zum schimmern. So friedlich liegt sie da. Jack huscht ein Lächeln über sein Gesicht. Er beschließt sich nun selbst wieder schlafen zu legen. Seine Angst ist verflogen. Liegt dieser Umstand an dem Anblick von Natalie?

Jack hat sich vorgenommen, auch am nächsten Tag nicht zu schreiben, auch wenn er ja eine Deadline hat, aber er liegt ja auch gut in der Zeit. Doch auf dem Weg ins Wohnzimmer muss er wohl oder übel auch am Arbeitszimmer vorbei. Als er dann also an seinem Arbeitszimmer vorrübergehen mag, ist es plötzlich, als würde ihn ein Magnet festhalten. Jack schaut von der Tür aus, mit einem nachdenklichen Blick, in das Zimmer in Richtung seines Schreibtisches, auf dem sein Schreibblock liegt. Fast scheint es, als würde er von dort magisch angezogen werden. Er betritt das Zimmer, geht zum Schreibtisch, setzt sich auf den Stuhl davor, schlägt seinen Block auf, nimmt einen Kugelschreiber und hält dann aber noch einmal wie versteinert inne, bevor er anfängt die nächste noch fehlende Geschichte für das Sammelband zu schreiben. Diese Geschichte soll den Namen „Das Biest" tragen.

Jack ist alleine Zuhause. Natalie ist unterwegs.
Jack schreibt an seiner Geschichte. Aber es ist ihm auch bewusst, dass er schreibt. Nicht wie in dieser einen Nacht.

Mittlerweile ist es spät am Abend, als Jacks Kugelschreiber den Geist aufgibt. Er schaut in den Schubladen seines Schreibtisches nach einem anderen. „Was suchst du?", vernimmt er plötzlich Natalies Stimme, die ihn leicht erschreckt. Unbemerkt ist Natalie nachhause gekommen. Sie scheint leicht beunruhigt, so wie sie in dem Türrahmen steht. „Ich suche einen Kugelschreiber.", antwortet Jack, „Ah, da ist ja einer." – „Wie geht es dir?", fragt Natalie weiter. „Gut ehrlich gesagt.", antwortet Jack wieder und dreht sich mit einem Lächeln zu Natalie, „Mach dir keine Sorgen." Natalie nickt und lächelt kurz zurück. „Okay. Dann werde ich mich langsam fertig fürs Bett machen. Ich bin müde.", sagt Natalie dann. „Okay.", erwidert Jack, wieder lächelnd, „Ich schreibe auch nur dieses Kapitel fertig und werde mich dann auch hin legen." Natalie nickt wieder und beide wünschen sich eine gute Nacht. Jack nimmt den neuen Kugelschreiber und schreibt weiter, bis er dann mit besagtem Kapitel zu Ende ist und ebenfalls zu Bett geht.

In der neuen Geschichte von Jack geht es um einen Mann, der sich in Das Biest verwandelt.

In dieser Nacht träumt Jack, er sei mit seinem Wagen unterwegs, als ihm plötzlich Das Biest vor den Kühler springt. Jack macht eine Vollbremsung. Das Biest zerschlägt die Scheibe des Wagens und zerrt Jack heraus. Jack liegt auf der Straße und Das Biest schlägt mit seinen sichelartigen Krallen auf Jack ein.
Dieses Mal wacht Jack nicht auf. Er wirft sich in seinem Bett von einer Seite auf die andere. Ganz so, als würden ihn die mächtigen Schläge der Tatzen des Biestes wirklich treffen. Jacks Bett quietscht wieder fürchterlich, wovon Natalie wieder aufwacht. Sie rennt in Jacks Zimmer. Durch einen Schrei von ihr wird Jack wach: „Jack!!"
Jack sitzt nun mit weit aufgerissenen Augen auf seinem Bett. „Jack. Was ist passiert?", fragt Natalie. „Ich weiß es nicht.", antwortet Jack, „Ich glaube ich habe geträumt." –

„Aber du bist verletzt.", erwidert Natalie erschrocken. Jack greift sich in das Gesicht und tatsächlich hat Jack blutende Wunden im Gesicht. „Komm, wir gehen ins Badezimmer und versorgen dich erst einmal.", sagt Natalie, nimmt Jack an der Hand und nimmt ihn mit ins Badezimmer.

Ihre Hand ist so weich und ihre Beine so schön und die nackten Füße so zierlich.

Jack sitzt auf dem Rand der Badewanne. Natalie tupft ihm mit einem Tuch das Gesicht ab und behandelt seine Wunden.

Als diese Prozedur beendet ist, schauen sie sich wieder tief in die Augen. „Alles okay?", fragt Natalie. „Ja.", antwortet Jack kurz. „Okay.", erwidert Natalie, „Wollen wir nochmal versuchen ein wenig zu schlafen?" – „Ja.", antwortet Jack wieder, „Ist vielleicht eine ganz gute Idee. Mir geht es auch wieder besser. Danke." Natalie schaut besorgt und streicht Jack nochmal sanft über das verbundene Gesicht. „Alles ist gut.", fährt Jack fort, „Geh wieder ins Bett. Wir sehen uns dann morgenfrüh." Natalie nickt und verlässt das Badezimmer. Jack stellt sich noch einmal kurz vor den Spiegel und schaut sich an. Anschließend geht auch er wieder in sein Zimmer.

Es ist noch recht früh, als Jack wieder aufwacht. Der Rest der Nacht war relativ ruhig.

Jack geht ins Badezimmer. Als erstes stellt er sich wieder vor den Spiegel um sich anzusehen. Plötzlich sieht er im

Spiegel, wie Das Biest hinter ihm steht. Er dreht sich hektisch um. Doch da ist nichts.

Natalie kommt herbei gestürmt. Scheinbar hat Jack einen Schrei von sich gegeben, als er das vermeintliche Biest im Spiegel sah, welcher Natalie herbeieilen lies. „Was ist passiert?", fragt Natalie. Jacks Augen sind weit aufgerissen und er scheint sehr aufgewühlt zu sein. Natalie geht zu Jack und nimmt seine Hand. „Komm. Beruhige dich erst einmal.", sagt sie mit ihrer ruhigen und lieblichen Stimme, „Wir gehen jetzt in die Küche und dort mache ich dir eine starke Tasse Kaffee."

Einige Stunden verbringen die beiden gemeinsam in der Küche, ohne ein Wort zu sprechen.
„Ich muss dann los.", unterbricht Natalies Stimme dann die Stille, „Ist das okay?" Jack nickt nur. Natalie schaut besorgt. „Okay.", fährt sie dann fort, „Dann sehen wir uns heute Abend wieder." Wieder kommt von Jack nur ein stummes Nicken. „Bis dann also.", schließt Natalie noch sorgenvoll ab und verlässt dann das Haus.
Jack bleibt weiter am Küchentisch sitzen.

Der Tag ist mittlerweile vorangeschritten, als sich Jack entschließt, in sein Arbeitszimmer zu gehen.
Die verschiedensten Gefühle und Gedanken machen sich in ihm breit, während er sich dem Schreibtisch nähert, sich langsam auf den Stuhl setzt und seinen Schreibblock aufschlägt.

Nach einem längeren, scheinbar starren Blick in den Block, nimmt Jack einen Kugelschreiber und beginnt zu schreiben. Er scheint dabei sehr angespannt zu sein.

Nach einiger Zeit ist die Geschichte vom Biest komplett beendet. Kaum das letzte Wort ausgeschrieben, fällt Jack erschöpft vom Stuhl und bleibt bewusstlos auf dem Boden liegen.

Erst einige Zeit später, als er die Haustür hört, wie Natalie nachhause kommt, wird Jack wieder wach. Er rappelt sich auf. Sein quasi erster Blick ist auf den Schreibblock und die neue nun fertiggestellte Geschichte.

Natalie kommt zum Arbeitszimmer. „Hallo Jack.", sagt sie, „Geht es dir gut?" – „Ja.", erwidert Jack, „Es geht mir gut." Er lächelt Natalie an. Diese lächelt scheinbar erleichtert zurück. „Das ist schön.", sagt sie und geht Richtung Badezimmer.

Diese Nacht schläft Jack ruhig.

Am nächsten Tag grübelt Jack über all die Vorkommnisse. Es scheint, als immer wenn eine Geschichte unvollständig wäre, er in seinen Träumen heimgesucht werden würde. Aber diese Tatsache scheint Jack nicht zu beunruhigen. Im Gegenteil. Es scheint, als würde es ihn bestärken, denn er müsse ja nur die Geschichten zu Ende schreiben und alles wäre gut.

Und so beginnt er mit der letzten Geschichte für seinen Sammelband. Er hat ja auch immerhin eine Deadline. Und es wäre ja auch nur noch diese eine Geschichte.

Die letzte Geschichte des Sammelbandes soll „Land der kleinen Teufel" heißen. Und er hat die ganze Geschichte schon im Kopf und sie muss ja auch nicht so lange sein. Also sollte es doch auch ein leichtes sein, die komplette Geschichte in einem Rutsch aufschreiben zu können.
Es geht um ein Flugzeug, dass in einem unbekannten Land abstürzt, welches von kleinen Teufeln beherrscht wird.

Es ist schon spät in der Nacht, als Jack immer noch an der Geschichte schreibt. Er will sich zwingen die Geschichte auf jeden Fall noch zu Ende zu bringen, doch seine Augen werden immer schwerer und die Müdigkeit bricht immer mehr auf ihn ein, bis er dann schließlich doch an seinem Schreibtisch einschläft.

In seinen Träumen findet sich Jack in einem Wald wieder. Plötzlich stürmen die kleinen Teufel, die Jack in seiner Geschichte beschreibt, von allen Seiten auf ihn zu.
Bevor sie ihn erreichen wird Jack von einer Autohupe geweckt.
Jack wirkt erleichtert. Er steht auf, um aus dem Fenster zu sehen, was ihn da geweckt hat. Er sieht eine blaue Corvette vor seinem Haus stehen. Natalie kommt aus dem Haus und steigt in den Wagen. Mit durchdrehenden Reifen und heulendem Motor fährt die Corvette anschließend davon.

Jack schaut dem Wagen kurz noch hinterher. Dann dreht er sich wieder um. Voller Entsetzen sieht er, wie einer dieser kleinen Teufel aus seiner Geschichte in der Tür sitzt. Jack ist wie versteinert. Plötzlich richtet sich die Gestalt auf, faucht und springt auf Jack zu. Jack schreit, ist aber nach wie vor wie versteinert. Als das Monster durch einen Sprung auf Jacks Körper auftrifft, löst es sich auf einmal in Luft auf. Jack steht der Schock ins Gesicht geschrieben. Seine Augen sind weit aufgerissen. Er atmet schwer. So vergehen einige Minuten, bis Jack sich scheinbar wieder gefangen hat.
Er geht in die Küche, um sich einen starken Kaffee zu machen.

Den Rest der Nacht verbringt Jack wach und nachdenkend.

Als es bereits Mittagsstunde ist, beschließt Jack seine Geschichte zu Ende zu schreiben. Dann sollte das alles auch wieder aufhören, das Buch sei fertig und alles wäre gut.

Natalie ist von ihrer Tour noch nicht wieder zurückgekommen.

Jack geht in sein Arbeitszimmer, um das Buch zu beenden. Dort sieht er, dass sein Schreibblock auf dem Boden liegt. Scheinbar ist er vom Schreibtisch gefallen, als Jack eingeschlafen ist. Er geht zu dem Block und hebt ihn auf. Als er ihn in den Händen hält und aufschlägt, schnellt plötzlich eine Pranke aus dem Buch und trifft Jack im Gesicht. Jack wird durch den Schlag zu Boden geworfen. Er schaut erschrocken auf den Block, der nun aufgeschlagen vor ihm auf dem Boden liegt. Aus dem Block erhebt sich plötzlich einer dieser kleinen Teufel aus Jacks Geschichte. Jack springt auf und stürmt aus dem Zimmer. Hinter sich schließt er die Tür. Es gibt einige dumpfe Schläge gegen die Tür.

Jack rennt zur Haustür. Als er an dieser angekommen ist, dreht er sich noch einmal um und sieht, wie der kleine Teufel die Tür des Arbeitszimmers zertrümmert und ihm folgt.

Jack verlässt schnell das Haus und verschließt die Haustür hinter sich. Wieder gibt es dumpfe Schläge.

Jack rennt zur Garage, um mit seinem Wagen soweit wie möglich zu verschwinden. Als er dort ankommt, springt plötzlich von innen ein weiteres dieser kleinen Teufel an das Fenster der Garage. Jack stoppt.

Nächster Plan: Der Schuppen; Werkzeuge um sich zu verteidigen. Jack rennt also zum Schuppen. Er ist noch ungefähr zwei Meter vom Schuppen entfernt, als sich die Tür des Schuppens plötzlich öffnet und drei kleine Teufel heraus gesprungen kommen.

Mittlerweile haben sich auch die aus der Garage und der aus dem Haus befreit und kommen zum Geschehen dazu. Jack ist nun also von fünf der kleinen Teufel umzingelt. Auf einmal fauchen sie, als würden sie zum Angriff blasen, und hetzen gleichzeitig auf Jack zu. Sie packen ihn und werfen ihn zu Boden. Jack schreit.

Und plötzlich ist alles, als wäre nie was geschehen. Die kleinen Monster sind verschwunden. Jack hat auch keine

Wunden von den Angriffen davon getragen. Jack ist verwundert und verwirrt. Langsam steht er auf und sieht sich um, ob sich nicht doch noch irgendwo ein Monster rumtreibt. Als er sich sicher ist, dass da keine kleinen Teufel oder ähnliches mehr sind, geht er wieder ins Haus.

Auch dieses betritt er zuerst vorsichtig, falls sich doch hier noch etwas verstecken sollte. Aber auch hier ist nichts, was gefährlich werden könnte.

Jack geht in sein Arbeitszimmer. Die Tür hat nicht einen Kratzer. Jack weiß nun wirklich nicht mehr was er glauben soll, was wahr ist, oder doch einfach nur Fantasie.

Jacks Schreibblock liegt aufgeschlagen auf dem Boden. Jack hebt ihn auf, nimmt sich einen Kugelschreiber und geht mit beidem in das Wohnzimmer.

Dort setzt er sich auf die Couch und schreibt das Ende zu „Land der kleinen Teufel". Als er sein Werk beendet hat, geht er völlig erschöpft zu Bett.

Den Block lässt er, völlig außer Acht lassend vor Erschöpfung, aufgeschlagen auf dem Wohnzimmertisch liegen. Und nun sollte ja auch der ganze Spuk vorbei sein.

Etwas später kommt dann auch Natalie von ihrem längeren Ausflug wieder nachhause.

Sie ist öfter mal ein zwei Tage am Stück weg. Jack stört das nicht. Sie sind ja kein Paar oder so.

Natalie geht als erstes ins Wohnzimmer. Sie sieht Jacks Schreibblock auf dem Tisch liegen. Sie nimmt ihn und liest ein paar Zeilen darin. Plötzlich sieht sie in den Seiten ein gieriges, mit scharfen Zähnen bestücktes, nach ihr schnappendes Maul. Vor Schreck lässt Natalie den Block fallen. Sie atmet einmal tief durch, greift sich an ihren Kopf und sagt zu sich selbst: „Meine Fantasie. Puh. Die letzten Tage Party waren wohl etwas viel. Ich gehe besser schlafen." Anschließend verlässt sie das Wohnzimmer wieder und geht in ihr Zimmer. Der Block bleibt achtlos auf dem Boden liegen.

Es ist spät in der Nacht. Der Block scheint auf einmal zu rumoren. Plötzlich schlägt er auf und ein Monster nach dem anderen steigt aus ihm heraus. Schier endlos viele Monster, Gespenster und Ungetüme befreien sich aus dem Block.
Der Erste Weg der meisten von ihnen führt sie in Natalies Zimmer. Diese schläft ruhig und fest. Sie sieht aus wie ein Engel.
Die Monster und Ungeheuer packen sie. Sie wacht in Panik auf und schreit. Doch sie hat keine Chance. Die Monster reisen sie einfach nur in Stücke.

Durch das Schreien wird Jack wach. Er ist noch dabei seine Sinne zu sammeln, als auch schon seine Tür aufgestoßen wird. Plötzlich stehen Das Biest und noch ein paar weitere Bestien vor Jacks Bett. Jack reagiert teils überlegt und teils aus Panik und springt aus seinem geschlossenen Fenster. Schmerzen fahren durch Jacks Körper.
Er rappelt sich auf und rennt Richtung Schuppen. Ein paar der kleinen Teufel springen ebenfalls aus dem Fenster und verfolgen Jack. Jack erreicht den Schuppen, geht hinein und

schnappt sich eine Axt, mit welcher er zugleich einige der kleinen Teufel niederstreckt. Dann steht plötzlich einer der Geister aus „Geister kennen keine Gnade" vor Jack. In Jacks Geschichte steht, dass die Geister quasi unverwundbar sind. Da kommt Jack eine Idee. Er rennt auf den Geist zu, stößt ihn von sich, rennt an ihm vorbei und stürmt zurück ins Haus. Auf diesem gefährlichen Weg lässt Jack seine Axt gegen einige Monster aus seinen Geschichten sprechen.

Jack schafft es ins Wohnzimmer. Er schaut nach seinem Schreibblock und erblickt ihn auf dem Boden. Er schnappt ihn sich und rennt wieder zur Haustür zurück. Auf dem Weg dorthin muss er immer wieder vereinzelt gegen Monster aus seinen Geschichten kämpfen.

Erneut im freien angelangt, rennt Jack zur Garage. Er schafft es, betritt die Garage, steigt in seinen Wagen und macht den Motor an. Seinen Schlüssel lässt er immer im Zündschloss. Hier weit draußen ist in der Regel niemand, der ihm eventuell den Wagen stehlen könnte. Mit durchdrehenden Reifen fährt Jack los. Der Block liegt auf dem Beifahrersitz. Zuerst soviel Abstand zwischen sich und den Monstern schaffen wie möglich und nötig.

Jack fährt so schnell, wie ihn sein Wagen nur lässt. Noch ein prüfender Blick in den Rückspiegel, ob er auch nicht verfolgt wird von den Monstern, Ungeheuern und Bestien. Voller Entsetzen muss er feststellen, dass sich Das Biest auf seiner Rücksitzbank befindet, welches sich allerdings völlig ruhig verhält. Dennoch verzieht Jack durch diesen Umstand das Lenkrad und steuert in den Wald, bis der Wagen an einem Baum zu stehen kommt.

Jack hat nur eine leichte Platzwunde am Kopf abbekommen. Er reißt sich und seine Sinne wieder zusammen, schnappt den Schreibblock, zudem noch ein Feuerzeug aus dem Handschuhfach, sowie die Axt, und verlässt den Wagen.

Nicht weit vom Wagen entfernt bricht Jack zusammen. Er legt den Block vor sich hin und versucht mit dem Feuerzeug die einzelnen Blätter anzuzünden, doch das Feuerzeug möchte nicht angehen.

Da krabbelt Das Biest aus dem Wagen. Es fletscht die Zähne und streckt seine scharfen Krallen nach Jack aus.

Endlich geht das Feuerzeug an und der Schreibblock beginnt sogleich mit einer großen übermäßigen Stichflamme zu brennen.

Das Biest schreit, schafft es aber noch Jack zu erreichen und ihm einen Hieb mit seinen sichelartigen Krallen an den Hals zu versetzen.

Jack schreit auf. Er blutet stark aus dem Hals.

Das Biest schreit ebenfalls.

Das Buch brennt lichterloh.

Mit einem weiteren Schrei zerfällt Das Biest plötzlich zu Staub.

Jack ringt nach Luft, bricht zu Boden und stirbt qualvoll.

Am nächsten Tag werden fast gleichzeitig Jacks Leiche von einem Jogger und Natalies Leiche von ihrem Freund mit der blauen Corvette gefunden.

Für die Polizei steht fest, dass Jack wohl durchgedreht sein muss und erst Natalie mit einer Axt zerstückelt hat und danach in den Wald gefahren ist, einen Unfall hatte und sich dann mit dem Hals in dieselbe Axt geworfen hat.

Ein bedauerliches Drama.

Ende

Des Toden Schatten

Bob Michtan ist ein Kleinkrimineller, der sich mit Überfällen auf Passanten über Wasser hält.

Bislang ging immer alles gut soweit. Er wurde bis jetzt nicht erwischt und auch von seiner Waffe, die er immer zur Einschüchterung der Leute bei sich hat, hat er noch nie Gebrauch gemacht, was auch gar nicht in seinem Sinne wäre.

Bob hat einfach schon viel Pech in seinem Leben gehabt, von Anfang an. Familiär musste er immer hinten anstehen, was sich auch auf seine Bildung ausgewirkt hat, da seine Eltern mehr mit sich selbst und ihren eigenen Problemen beschäftigt waren und Bob nur als Belastung ansahen. Auch seinen ersten Job hat er schnell verloren und dann kam nichts mehr in dieser Richtung für ihn. Und auch die Frauen in seinem Leben, schadeten ihm mehr, als dass sie gut für ihn gewesen wären. Außer einer, die nach wie vor an seiner Seite steht, trotz seines kriminellen Tuns, die ihn aber auch nicht davon abbringen kann, Tina.

Tina kennt Bob schon seit der Schulzeit. Bevor Bob diese abgebrochen hatte. Tina kommt selbst aus schwierigen Verhältnissen. Aber anders als Bob hat sie es geschafft, ihrem Leben eine positive Richtung zu geben. Bobs Kriminalität war ihm scheinbar vorbestimmt gewesen. Dennoch waren die beiden immer Freunde und haben den Kontakt aufrechterhalten, auch wenn dieser manchmal nur selten ist.

Bob weiß sich nicht anders zu helfen, um über die Runden zu kommen, als mit den Überfällen auf Passanten. Oft hat er selbst ein schlechtes Gewissen deswegen, aber er findet einfach keine andere Möglichkeit. Jeder Versuch ein normales Leben zu führen, brachte ihn immer wieder zurück an diesen Punkt.

Eines Tages ist Bob wieder auf Beutezug. In einer kleinen, dunklen Gasse legt er sich auf die Lauer und hält Ausschau nach einem geeigneten Opfer.
Die Sonne ist gerade im Begriff unterzugehen.
Als ein Mann an der Gasse vorbeigeht, in der Bob wartet, sieht dieser seine Chance. Bob packt den Mann und zieht ihn mit in die Gasse. Bob richtet seine Waffe auf den Mann und brüllt ihn an: „Gib mir dein Geld! Los!!" Der Mann scheint im ersten Moment verwirrt. „Du sollst mir dein Geld geben!!", schreit Bob noch einmal. Doch der Mann weigert sich und greift aus dem Nichts Bob an. Es beginnt eine Rangelei. Plötzlich löst sich ein Schuss. Der Mann schaut Bob mit weit aufgerissenen Augen an. Dann sackt er

zu Boden. Er wurde im Bauch getroffen. Noch zwei tiefe Seufzer, dann ist der Mann tot. Bob ist erschrocken. Das wollte er doch gar nicht! Er gerät leicht in Panik und sieht sich um. Dann schaut er wieder auf den toten Mann auf dem Boden. Er bückt sich rasch zu ihm, durchsucht seine Hosentaschen und findet dessen Portemonnaie, welches prall gefüllt zu sein scheint. Dann noch ein letzter Blick auf den Toden, nochmal umsehen und dann rennt Bob davon.

Bob rennt immer weiter durch die Straßen. Dabei rempelt er den ein oder anderen Passanten an, die ihn beschimpfen. Bob rennt in einen Park. In dem Park befindet sich ein kleiner Teich, an dem Bob erschöpft stehen bleibt. Bob muss mehrere Male tief Luft holen, weil er sich völlig verausgabt hat. Dann sieht er den Teich. Ihm kommt eine Idee. Wieder schaut sich Bob um, ob er beobachtet wird. Dann holt er die Waffe hervor, schaut sie an und wirft sie dann in den Teich. Dann blickt er sich noch einmal um und geht dann davon.

Zuhause angekommen verriegelt Bob hinter sich die Tür, nimmt eine Flasche Whiskey setzt sich im Dunkeln auf seinen alten Sessel und nimmt einen kräftigen Schluck aus der Flasche.

Anschließend holt er das Portemonnaie des toten Mannes hervor. Es ist weniger Bargeld darin, als gedacht. Dafür viele Plastikkarten, mit denen Bob aber nichts anfangen kann, weil man sonst wüsste, dass er der Mörder sei. Und dann ist da noch ein Bild. Ein Bild des Mannes, scheinbar zusammen mit seiner Frau und seinen zwei Kindern.

Bob beginnt zu weinen.

Es dauert nicht lange, bis Bob vor körperlicher und geistiger Erschöpfung, zusätzlich gefördert durch den Whiskey, auf dem Sessel einschläft.

Bob träumt von dem Überfall auf den Mann und wie er ihn erschießt. Er sieht die Szene immer und immer wieder vor seinem geistigen Auge, bis er völlig verstört aufwacht.

Am nächsten Tag entsorgt er die Brieftasche des Toden, samt Plastikkarten, nachdem er von allem gründlich seine Fingerabdrücke entfernt hat. Auch das Bild entsorgt er. Doch dieser Anblick hat sich eh in sein Gehirn gebrannt, so wie der Augenblick des Mordes.

Von den paar Scheinen holt er sich etwas zu Essen, doch das wird nur ein paar Tage reichen. Was dann?

In den nächsten Tagen zieht sich Bob noch mehr zurück als er es ohnehin immer tut. Schuldgefühle plagen ihn. Sein Kühlschrank ist schon wieder so gut wie leer. Bob ernährt sich sowieso fast nur noch von dem Whiskey, von dem er vor ein paar Wochen sechs ganze Kisten bei einem Bruch eines ebenfalls kriminellen Freundes abstauben konnte.

Bob schläft sehr unruhig und versucht noch mehr sich mit Alkohol zu betäuben.

Eines Nachts hat Bob wieder so viel getrunken, dass er auf seinem Sessel, mit der Whiskeyflasche noch in der Hand, eingeschlafen ist.

Wieder plagen ihn Träume und lassen ihn nur unruhig schlafen.

Bob wälzt seinen Kopf auf der Lehne des Sessels hin und her. Sein Körper zuckt. Vor seinem geistigen Auge läuft immer wieder der Tod seines Opfers ab. Es wird so unerträglich, bis Bob schweißgebadet aufwacht. Die Whiskeyflasche fällt ihm aus der Hand zu Boden.

Bobs Blick in die reale Welt ist noch gar nicht wirklich wieder hergestellt, als er scheinbar etwas in seinem Schlafzimmer verschwinden sieht.

Aus Bobs geistigem und quasi auch körperlichem Kampf mit den Träumen, wird ein Drang dem nachzugehen, was er da vermeintlich gesehen haben mag.

Er steht auf und geht langsam in Richtung seines Schlafzimmers. An der Tür angekommen schaut er vorsichtig ins Zimmer. Er erblickt etwas wie einen Schatten, der in Form einer Gestalt in einer Ecke zu stehen scheint und in seine Richtung blickt. Bob greift erschrocken nach dem Lichtschalter. Doch noch bevor das Licht angeht, scheint der Schatten durch das geschlossene Fenster ins Freie zu entschwinden. Bob ist verwirrt und eilt zum Fenster und schaut hinaus. Außer einer sternenklaren Nacht, den Straßenlaternen und Licht in dem einen oder anderen Nachbarshaus ist nichts zu sehen.

Bob weiß nicht was er denken soll, wendet sich vom Fenster ab und wirft sich mit dem Rücken auf sein Bett. Doch schlafen kann er nun erstrecht nicht mehr.

Am nächsten Tag schleicht Bob durch die Straßen der Stadt. Hunger plagt ihn. Er hat kein Geld mehr.

Eigentlich wäre nun der Zeitpunkt wieder aktiv zu werden und ein Opfer zu suchen. Doch diese Tatsache löst einen inneren Kampf in Bob aus, den er nicht bewältigen kann. Und der Schlaf in letzter Zeit gab auch nicht die nötige Erholung und Kraft.

Plötzlich scheint ein Schatten an Bob vorbei zu huschen. Bob hält erschrocken inne und blickt sich um. Immer wieder scheint etwas um ihn herum, an ihm vorbei zu fliegen. Bob bekommt es mit der Angst zu tun. Er fängt wieder an zu laufen, aber nun schnellen Schrittes, und schaut sich dabei mehrere Mal um. Plötzlich scheint dieser Schatten, der ihn scheinbar verfolgt, direkt entgegen zu kommen. Bob schreckt zurück und stürzt zu Boden. Anschließend nimmt er die Beine in die Hand und rennt so schnell er kann zurück nach Hause.

Dort angekommen wirft er die Tür hinter sich zu, als wolle er etwas aussperren. Dann erblickt er die letzten Flaschen Whiskey die er noch hat. Er ergreift eine der Flaschen, öffnet sie und nimmt mehrere kräftige Schlucke. Dann rutscht er an der Tür zu Boden und beginnt aus tiefstem Inneren zu weinen.

Am nächsten Tag wird Bob an der Tür lehnend wach. Licht fällt schon durch das Fenster in das nicht gerade einladende Zimmer.

Bob schaut auf die Whiskeyflasche, die er immer noch, mit kräftigem Griff, in der Hand hält. Nach kurzem Zögern nimmt er wieder einen kräftigen Schluck.

Er muss eine Entscheidung treffen. Sein Magen krampft schon seit Tagen. Er braucht etwas zu essen. Er braucht Geld.

Schließlich steht Bob auf und geht in die verratzte Küche. Dort durchsucht er die Schubladen und findet ein größeres Küchenmesser. Er nimmt es in die Hand und schaut es sich an. Dann steckt er es in seinen Hosenbund.

Noch einen kräftigen Schluck vom Whiskey, Jacke an und dann eilt er aus seiner Wohnung.

Auf der Straße umherlaufend hält Bob Ausschau, nach einem geeigneten, leichten Opfer, das auch so aussieht, als hätte es genügend Geld bei sich, damit es wieder einige Zeit reicht.

Er erblickt eine Frau, die genau diesem Opfertyp zu entsprechen scheint. Bob folgt ihr.

Als die Frau in eine kleine Gasse abbiegt, sieht Bob seine Chance. Er holt sein Messer hervor und will ihr in die Gasse folgen. Jetzt muss er sich beeilen damit er sie nicht verliert.

Gerade als er in die Gasse biegen will, scheint ihm plötzlich wieder aus dem Nichts dieser schwarze Schatten entgegen zu kommen. Bob erschrickt und stolpert nach hinten auf die Fahrbahn. Im gleichen Moment, als Bob rückwärts auf die Fahrbahn taumelt, kommt ein Kleinwagen angefahren und erwischt Bob. Bob wird auf den Boden geworfen. Sein Messer rutscht ihm aus der Hand, geradewegs in einen

Gully. Der Autofahrer hält an und stürmt zu Bob. Bob lebt, ist aber verletzt. Der Autofahrer verständigt den Notarzt. Das ist das letzte was Bob mitbekommt, dann verliert er das Bewusstsein.

Im Krankenhaus kommt Bob wieder zu sich. Er liegt auf einem Krankenbett und hängt an einem Tropf. Bob schaut sich um. Er ist sich nicht sicher, was wirklich passiert ist. Er drückt den Knopf für die Schwester, welche auch kurz darauf zu ihm kommt. „Ah, Sie sind wach.", sagt sie, als sie das Zimmer betritt. „Was ist passiert?", fragt Bob. „Sie sind unter starkem Alkoholeinfluss vor ein Auto gelaufen und angefahren worden.", antwortet die Schwester, scheinbar vorwurfsvoll, „Sie sind aber nicht in Lebensgefahr und haben sonst auch keine schwereren Verletzungen davon getragen. Den Tropf haben wir Ihnen nur gegeben, weil Ihr Körper generell in keinem guten Zustand war." Bob sagt nichts und versucht sich zu erinnern. „Wir bräuchten auch noch Ihren Namen und ein paar andere Daten von Ihnen, für die Unterlagen.", fährt die Schwester dann fort. Bob nickt. Die Schwester gibt ihm einen Klemmblock und einen Stift. „Füllen Sie das hier einfach aus.", sagt Sie dabei. Bob nickt wieder. Als die Schwester wieder gehen will ruft ihr Bob hinterher: „Schwester?" Die Schwester bleibt stehen. „Könnten Sie jemanden für mich verständigen?", fragt Bob.

Etwas später sitzt Tina an Bobs Krankenbett. „Was machst du nur für Sachen?", sagt Tina. Bob weiß nicht so recht was er sagen soll. „Ich bin voll am Arsch.", sagt er dann, „Wenn die raus kriegen, dass ich keine Krankenversicherung habe und auch die Rechnung nicht bezahlen kann, bekomme ich tierischen Ärger." – „Das kriegen wir schon hin.", erwidert Tina, „Mach dir da mal keine Sorgen. Ich kümmere mich darum." Bob schaut Tina mit einem dankenden Hundeblick an. „Aber das ist nicht der einzige Grund warum du am Arsch bist.", fährt Tina dann fort. „Was meinst du damit??", fragt Bob scheinbar erschrocken. „Du bist nicht ohne Grund angefahren worden.", sagt Tina. Immer noch blickt Bob sie erschrocken an. „Du musst mit dem Saufen aufhören." Als Tina das sagt, scheint sich Erleichterung in Bob breit zu machen: „Ach das." – „Ja das.", sagt Tina etwas bestimmter. „Aber der Grund war nicht der Alkohol.", sagt Bob dann. „Und was war sonst der Grund?", fragt Tina nun scheinbar böse. „Ich… ich…", stottert Bob, „Ich sehe Dinge." – „Ach.", erwidert Tina, „Und der Alkohol soll dann also nicht der Grund sein?" Bob schaut Tina an, als könnte sie Recht haben. „Geh bitte in eine Entzugsklinik.", sagt sie dann, „Ich helfe dir auch und kümmere mich um das Finanzielle." Bob beginnt zu lächeln und nickt zustimmend. Tina erwidert das Lächeln.

Es wird langsam Nacht. Bob schaut aus dem Fenster und spürt, dass sein Körper wirklich förmlich nach Whiskey ruft. Tina hat schon alles in die Wege geleitet. Bob verbringt noch zwei Tage in dem Krankhaus und wird dann direkt in eine Entzugsklinik überwiesen.
Vielleicht ist auch das der Grund, dass Bob nicht zur Ruhe kommt. Oder doch der Wunsch nach Whiskey? Oder sind

es nicht doch weiterhin die Schuldgefühle? Aber irgendwie muss es ja für Bob weitergehen. Irgendwie.

Plötzlich sieht Bob, wie etwas am Fenster vorbei huscht. Was war das? Doch wieder dieser Schatten? Das kann doch nicht sein! Und so ist es. Plötzlich kommt der Schatten durch das geschlossene Fenster in das Zimmer geflogen. Bob beginnt zu schreien und sich zu winden. Die Schwester auf dem Flur, nicht weit vom Zimmer entfernt, hört das und rennt ins Zimmer. Sie macht das Licht an. Der Schatten ist verschwunden, aber Bob schreit immer noch und windet sich. „Beruhigen Sie sich!", sagt sie und versucht ihn festzuhalten. Doch Bob beruhigt sich nicht. Da kommt auch schon ein Arzt hinzu und gibt Bob eine Spritze mit Beruhigungsmitteln, die auch direkt wirken. Und Bob entschwindet in den Schlaf.

Die nächsten zwei Tage sind die Hölle für Bob. Er hat körperliche Schmerzen, kann nicht essen, obwohl er es müsste, muss sich übergeben, obwohl nichts in seinem Magen ist, und die Nächte sind auch nicht besser.

Endlich wird Bob mit dem Krankenwagen in die Entzugsklinik gebracht. Bob ist am Ende seiner Kräfte, körperlich und mental. Tina bekleidet ihn und versucht ihm Kraft, Mut und Motivation zu geben.

In der Klinik angekommen, kümmert sich Tina um das Organisatorische. Bob wird auf sein Zimmer gebracht. Als Tina mit allem fertig ist, geht sie noch einmal kurz zu ihm.

Dann verabschiedet sie sich und verspricht, sobald sie kann und darf wieder zu kommen.

Kurz darauf schläft Bob auch schon ein.

In Bobs Träumen sieht er wieder den Mann, den er getötet hat, und wie es dazu kam. Auch das Bild von dessen Familie spukt in Bobs Gehirn herum.

Schweißgebadet wacht Bob auf. Plötzlich sieht er wieder diesen Schatten in seinem Zimmer umherfliegen. Im ersten Moment ist Bob wieder erschrocken, doch dann packt ihn die Wut. „Ich will nicht mehr!", beginnt er zu sagen, „Lass mich in Ruhe. Ich lasse mich nicht fertig machen. Ich mache dich fertig!" Bob springt aus seinem Bett, mit einer scheinbar urplötzlichen, monströsen Kraft. Er packt den Stuhl, der an dem Schreibtisch in seinem Zimmer steht und wirft ihn nach dem Schatten. Der Stuhl durchschlägt das Fenster im zweiten Stock, wo sich Bobs Zimmer befindet, und zerschellt, als er auf den gepflasterten Boden aufschlägt.

Daraufhin scheint der Schatten Bob anzugreifen. Bob weicht aus. Wie kann er diesem Ding entgegentreten? Bob wird von dem Schatten an das zersprungene Fenster gejagt, zu dem Bob nun mit dem Rücken steht. Plötzlich scheint der Schatten noch einmal Anlauf zu nehmen und rast auf Bob zu. Bob will sich wieder wegducken, doch dabei stürzt er aus dem Fenster in den Tod.

Im selben Moment kommen zwei Mitarbeiter in das Zimmer, die den Lärm gehört haben. Sie sehen das zerschlagene Fenster und den vor dem Gebäude auf dem

Boden liegenden, toten Bob, neben dem die Überreste des Stuhles liegen, mit dem das Fenster eingeschlagen wurde.

Am nächsten Tag bekommt Tina telefonisch die Benachrichtigung, dass sich Bob das Leben genommen hat, so wie es offiziell im Bericht heißt.

Ende

Die Gitarre des Schicksals

Timmy, ein mittlerweile in der Pubertät angekommener Junge, sitzt in seinem Zimmer und übt auf seiner alten Gitarre. Leider wollen nur die Griffe und Töne nicht wirklich wie er will, was ihn leicht frustriert.

Seine Eltern beobachten ihn heimlich und würden ihm so gerne helfen, ist doch sein größter Wunsch ein Musiker auf den großen Bühnen zu sein.

Eines Tages schlendern John und Jenny, Timmys Eltern, durch die Stadt.

Dabei kommen sie an einem Laden vorbei, der Musikinstrumente verkauft.

Im Schaufenster dieses Ladens prunkt eine weiße, strahlende, schon fast majestätisch wirkende Gitarre.

Jenny und John schauen sich an und es brauch nicht vieler Worte, damit die beiden den Laden betreten und nach der weißen Gitarre im Schaufenster fragen.

Der Ladenbesitzer, ein etwas älterer untersetzter Mann mit langem, weißen Rauschebart, erzählt Jenny und John, dass diese Gitarre mal einem angehenden Musiker, mit viel Potential und der es eigentlich schon fast an die Spitze hätte schaffen können, gehörte, der dann aber unter mysteriösen verstarb. Seine Angehörigen hätten dann noch lange diese Gitarre in ihrem Besitz behalten, bis sie schließlich über Umwege bei ihm gelandet wäre.

Jenny und John fragten, warum die Gitarre denn dann so billig wäre, denn der Preis war wirklich mehr als verlockend. Die Gitarre sei halt alt, sagte der Ladenbesitzer und es wäre ja nur ein angehender Star gewesen, aber eben noch keiner, den jeder kennt.

Jenny und John mussten nicht lange überlegen und kauften die Gitarre, auf dass sie ihrem Sohn Glück bringe und ihm weiter Spaß an der Musik mache.

Die beiden kamen also mit der Gitarre nachhause und überraschten ihren Sohn Timmy damit. Dieser war mehr als überrascht von diesem tollen Geschenk und begann sofort auf ihr zu üben.

Er übte jeden Tag und es dauert wirklich nicht lange und aus dem frustrierten Teenager der die Töne nicht immer richtig traf, wurde ein respektabler Gitarrist.

Und kurz darauf spielte Timmy dann auch in einer Band.

Sie waren wirklich gut; die „Rockin´ Hot Super-Boys".

Durch die Band lernte Timmy dann auch Tina kennen, die immer bei den Bandproben dabei war und eine Freundin eines der anderen Bandmitglieder war.

Sie war ein nettes Mädchen und Timmy mochte sie sehr. Auch Timmys Eltern mochten sie. Doch Timmy und Tina waren zu schüchtern, um sich einzugestehen, dass sie vielleicht auch mehr als nur Freunde sein könnten.

Mit der Band ging es schnell voran. Sie fingen an mit Gigs auf Geburtstagen von Freunden. Dann mal bei einem Schulfest. Und plötzlich spielten sie in den Stadthallen.

Timmy fühlte sich zu diesem Zeitpunkt schon fast wie ein Star.

Am Anfang freuten sich alle für den Erfolg. Doch Timmy schien sich zu verändern. Seine Eltern fragten sich, ob es vielleicht nur das Erwachsenwerden sei. Auch Tina hatte Sorge um Timmy; trank er doch bei den Gigs und den Proben plötzlich Bier und manchmal auch mehr als er sollte, aber er sagte das müsse alles so sein und das wäre alles gut so.

Bei einem der Auftritte der Band, war ein Plattenproduzent, kein großes Tier, sondern nur Besitzer eines kleinen lokalen Labels, dabei.

Er fragte die „Rockin´ Hot Super-Boys", ob sie nicht ein Album in seinem Studio aufnehmen wollten und er kümmere sich um den Vertrieb, gegen eine kleine Anzahlung, Prozente und Provision versteht sich. Die Jungs waren so hoch auf Wolke sieben, dass sie den Deal eingingen.

Sie kratzten ihr letztes Geld zusammen, um die Anzahlung für das Album zusammenzubekommen.

Timmys Eltern waren skeptisch, aber sie freuten sich für ihren Sohn.

Alles schien perfekt, doch anstatt dass dies Timmy das nötige Selbstvertrauen und Stärke gab, dass nun etwas richtig tolles werden könnte, versenkte er sein Bewusstsein nun noch tiefer als nur mit Bier und privat distanzierte er sich auch immer mehr von der Band, von Tina, ja sogar von seinen Eltern. Keiner schien mehr wirklich an ihn ran zu kommen.

Zu den Bandproben, Aufnahmen und Auftritten kam er nach wie vor pünktlich und zuverlässig und auch sein Gitarrenspiel wurde scheinbar wirklich immer besser, doch machte es immer mehr den Eindruck, als würde die Gitarre von selbst spielen und Timmy ist nur das nötige Übel was gebraucht wird, damit die Gitarre gespielt werden kann, wie ein Wirt für einen Parasit.

Einige Zeit verging. Das Album wurde in kleiner Stückzahl regional vermarktet. Und der erste Hype um die „Rockin´ Hot Super-Boys" war dann doch auch schnell verflogen.

Und eines Tages kam Timmy nicht zur Probe. Das war ungewöhnlich. War er doch trotz seines mittlerweile fragwürdigen Charakters diesbezüglich immer zuverlässig gewesen.

Alle waren in Sorge und suchten ihn. Tina wusste von einem Club, in dem er des Öfteren seine dubiosen neuen Freunde traf, mit denen er unter anderem eben sein Bewusstsein vernebelte. Und dort fanden sie ihn auch; auf der Toilette; zusammengebrochen und am eigenen Erbrochenen erstickt.

Alle fragten sich, wie dies passieren konnte. Hätte man was tun können? War ihm der Erfolg zu Kopf gestiegen? Oder hätte man einfach versuchen müssen mehr für ihn da zu sein? Oder war es der schlechte Einfluss seiner neuen Freunde? War es eine Mischung aus allem? Oder war es doch einfach nur ein tragischer Unfall?

Timmys Trauerfeier war schön.

Er hatte scheinbar mehr Freunde, als er es selbst dachte.

Viele, sehr viele, sind gekommen um Abschied zu nehmen.

Die „Rockin´ Hot Super-Boys" lösten sich nach diesem Vorfall auf.

Ihr erstes Album soll auch ihr letztes gewesen sein. Und bei ihnen hat der Tod eines Bandmitglieds nicht zu einem Hype verholfen, der das Interesse und die Verkaufszahlen der Band nach oben schnellen ließen, wie es doch bei vielen anderen Künstlern schon der Fall war. Nein, hier war es eher das Gegenteil und irgendwann wusste auch niemand mehr, wer die „Rockin´ Hot Super-Boys" waren.

Die weiße, so verzaubernde Gitarre, ging ihren eigenen Weg weiter.

Kurz nach Timmys Tod stellten John und Jenny ein Inserat in die Zeitung, dass eben diese Gitarre für wenig Geld zu kaufen sei.

Und es dauerte nicht lange, bis sich ein Herr meldete, der die Gitarre gerne erwerben würde. Die Formalitäten waren schnell geklärt und der Herr, der diese Gitarre für seinen Sohn kaufen wollte, holte eben diese ab.

John und Jenny hatten gemischte Gefühle, als die Gitarre abgeholt wurde. War es doch zum einen eine Erinnerung an Timmy, hatte doch aber zum anderen die ganze Misere mit dieser Gitarre angefangen.

Als der Herr, der die weiße Gitarre kaufte, nachhause kam, kam ihm sein Sohn schon strahlend entgegen, wissend, dass er von seinem Vater nun was ganz besonders geschenkt bekommt. Der Vater überreichte seinem Sohn freudig lächelnd die Gitarre. Dieser nahm sie in die Hand und spielte zugleich den ersten Akkord, der scheinbar nicht von dieser Welt sein konnte…

Ende

Leben

Vielleicht streue ich, genau hier, an dieser Stelle, auch einen Liedtext aus meiner Feder ein.

Ich laufe ständig im Kreis
Auf verdammt dünnem Eis
Weil es so ist
Weil du so bist
-
Ich kann mich kaum noch halten
Ständig steh ich vor hohen Schranken
Warum bin ich hier
Gibt es nur noch Gier
Geld, Macht, der Hunger nach dem Leben
Das sind die Dinge nach denen wir streben
-
Ich laufe ständig im Kreis
Auf verdammt dünnem Eis
Weil es so ist
Weil du so bist
Zehrst mich aus
Forderst mich raus

\-

Ich versuche was zu sehen

Um den langen Weg zu gehen

Er ist sehr steinig

Aber halt doch heilig

Laufen, Rennen, alles nur für dich

Oder tue ich´s am Ende doch für mich

\-

Ich laufe ständig im Kreis

Auf verdammt dünnem Eis

Weil es so ist

Weil du so bist

Zehrst mich aus

Forderst mich raus

\-

Ich nehme den schweren Kampf an

Obwohl man das Ende schon sehen kann

Teuer ist das Leben

Doch ich tu gern geben

Liebe, Vertrauen, alles gebe ich dir

Hass und Verrat sind ebenfalls in mir

\-

Ich laufe ständig im Kreis

Auf verdammt dünnem Eis

Weil es so ist

Weil du so bist

Zehrst mich aus

Forderst mich raus

Weil es so ist

Weil du so bist

-

Weil das Leben halt so ist

-

Die Dinge nach denen wir streben
Um den langen Weg zu gehen
Kämpfen wir für uns
Oder tun wir es umsonst

-

Wir laufen ständig im Kreis
Auf verdammt dünnem Eis
Weil es so ist
Weil du so bist
Zehrst uns aus
Forderst uns raus
Weil es so ist
Weil du so bist

-

Weil das Leben halt so ist

Und zur vollendeten Zerstreuung hat man dann manchmal
einfach keinen guten Tag, oder gar einen Mann Ohr.

(K)ein guter Tag
Phil, ein in allen Belangen ziemlicher Durchschnittstyp,
wacht morgens in seinem Bett auf. Verschlafen, mit noch
halbgeschlossenen Augen, macht er das Licht an seiner

Nachttischlampe an. Er schaut auf seinen Wecker, der neben der Lampe steht. Es ist fünf Uhr zwanzig.

Er bemerkt, dass seine Frau nicht neben ihm im Bett liegt. Verwundert ruf er nach ihr: „Elly?" Keine Antwort. Phil runzelt nachdenklich die Stirn. Nach einem kurzen weiteren Augenblick, steht er auf.

Kurz darauf geht Phil, in Pyjama gekleidet, in die Küche. Immer noch keine Spur von Elly.

Phil macht das Licht in der Küche an. Dort sieht er einen Brief auf dem Küchentisch liegen. Auf dem Brief steht, mit einer sehr schönen und verschnörkelten Handschrift, sein Name. Er nimmt den Brief in die Hand, öffnet ihn und fängt an zu lesen:

> Hallo Phil.

Wenn du diesen Brief hier liest, werde ich bereits weg sein.

Bitte such mich nicht.

Es tut mir leid, dass ich das hier auf diesem Weg tue.

Ich wollte es dir eigentlich gestern Abend sagen, doch ich habe den Mut dafür nicht gefunden. Ehrlich gesagt wollte ich es dir schon eine ganze Zeitlang sagen. Auf diese Art ist es irgendwie leichter für mich.

Ich habe jemanden kennengelernt. Hinterfrage nicht wen und wo. Du kennst ihn nicht. Auf jeden Fall habe ich mich in ihn verliebt.

Das mit uns ging ja schon eine Weile nicht mehr gut und bei ihm habe ich das Gefühl, dass ich das bekomme, was ich brauche und möchte.

Es tut mir leid, dass es so gekommen ist. Elly

Phil schaut noch einige Sekunden auf den Brief. Dann zerknüllt er ihn und wirft ihn weg, ohne eine große Regung zu äußern. Anschließend setzt er sich erst einmal, mit einem nachdenklichen Gesicht, an den Küchentisch.

Die Uhr an der Wand zeigt sechs Uhr.

Etwas später steht Phil, mittlerweile in einem Anzug von der Stange gekleidet, an der Anrichte der Küche, um sich einen Kaffee zu machen. Er öffnet den Hängeschrank. Eine Tasse kommt ihm entgegengefallen. Sie fällt auf die Anrichte und zerbricht. Es war seine Lieblingstasse. Die, die ihm Elly schenkte zu seinem Geburtstag, mit seinem Namen darauf.

Phil schaut auf die zerbrochene Tasse. Wieder zeigt er kaum eine Regung und macht, nach einigen Sekunden des scheinbaren Grübelns, die Scherben weg.

Dann nimmt er sich eine andere Tasse, schenkt Kaffee hinein, nimmt einen Schluck und schaut auf seine Armbanduhr. Es ist nun sieben Uhr zehn. Noch ein paar

Minuten um den Kaffee zu genießen und um anschließend los zu machen ins Büro.

Im Großraumbüro angekommen, wo Phil arbeitet, geht er ohne Umweg an seinen Platz, legt seine Aktentasche auf den Schreibtisch, fährt seinen Rechner hoch und öffnet seine Aktentasche, als eine Frau an seinen Platz heran tritt.

„Du sollst zum Chef.", sagt die Frau zu Phil. „Sofort?", erwidert dieser. „Ja.", antwortet die Frau, „Er sagte ich soll dich sofort in sein Büro schicken, wenn du da bist."

Ohne ein weiteres Wort zu verlieren, schließt Phil seine Aktentasche wieder und steht auf.

Kurz darauf sitzt Phil seinem Chef gegenüber, in dessen Büro.

„Es tut mir leid Herr Roth,", beginnt der Chef, „aber ich muss Ihnen leider mitteilen, dass wir uns von Ihnen trennen müssen." Phil bleibt regungslos. „Sehen Sie,", fährt der Chef sich, scheinbar dazu gezwungen fühlend, fort, „wir schreiben rote Zahlen und werden uns von einigen Mitarbeitern trennen müssen. Die Wahl fiel uns nicht leicht, aber Sie sind einer davon." Phil nickt nun nur kurz und verzieht dabei die Mundwinkel. „Gehen Sie nach Hause.", sagt der Chef dann weiter, „Nehmen Sie sich Ihren restlichen Urlaub, der Ihnen noch zusteht. Die schriftliche Kündigung schicken wir Ihnen dann zu." Phil nickt wieder wortlos und steht dann auf.

Etwas später fährt Phil mit seinem alten Mittelklassewagen durch die Straßen und denkt scheinbar nach.

Als er an einer kleinen Bar vorbeifährt, hält er an. Er schaut in die Richtung der Bar, über der das Schild -Alex´ Bar- hängt. Phil hält einen Moment inne, macht dann den Motor des Wagens aus und steigt aus.

Er geht in die Bar, die von der Einrichtung her einen sehr rustikalen Eindruck macht und nur ein paar Tische darin stehen hat, mit einigen Stühlen, und einer relativ langen Theke zum Sitzen.

Die Bar ist vollkommen leer. Nur der Barkeeper steht hinter der Theke und trocknet Gläser ab.

Die Uhr an der Wand zeigt elf Uhr vierzig.

Phil setzt sich an die Theke und bestellt sich einen Gin Tonic. Der Barkeeper macht das Getränk und stellt es vor Phil. Dieser bedankt sich, nimmt das Glas, schaut einen kurzen Blick darauf und trinkt es dann auf einen Rutsch aus. Anschließend bestellt sich Phil noch einen Gin Tonic. Wieder macht der Barkeeper das Getränk fertig und stellt es wieder vor Phil. „Ungewöhnliche Uhrzeit so etwas zu trinken.", sagt der Barkeeper, ohne bewertend zu klingen. „Mag sein.", antwortet Phil trocken. „Ich habe selten Gäste, um diese Uhrzeit.", spricht der Barkeeper dann weiter, „Und wenn, dann wollen sie in der Regel eines meiner weltberühmten Sandwiches und eine Tasse von meinem viel zu starken Kaffee." Phil trinkt währenddessen wieder das Glas auf einen Rutsch aus, stellt es wieder hin und bestellt noch einen. „Machen Sie das öfter?", fragt der Barkeeper dann, während er das Glas wieder füllt. „Was?", fragt Phil. „Ich meine um diese Uhrzeit so viel Hochprozentigen zu trinken.", sagt der Barkeeper, „Sie sehen für mich nicht aus wie ein Alkoholiker. Und ich kenne weiß Gott einige davon." – „Nein.", antwortet Phil dann, „Für gewöhnlich tue ich das nicht." Anschließend trinkt Phil auch das dritte Glas auf einen Rutsch aus. „Wollen Sie darüber reden?", fragt der Barkeeper dann, scheinbar führsorglich, „Barkeeper sind quasi dafür bekannt, dass sie sich Probleme anderer anhören." – „Da gibt es nicht viel zu reden.", antwortet Phil, schon scheinbar leicht in seiner Aussprache beeinträchtigt, „Meine Frau hat mich heute Nacht still und heimlich für einen anderen verlassen und gerade eben hat mein Chef mich gefeuert." – „Das klingt nach keinem guten Tag.", erwidert der Barkeeper und zieht die Augenbrauen hoch. „Zumindest hat er nicht gut angefangen.", antwortet Phil wieder, „Aber wer weiß... vielleicht steht ja später einer von der Lotterie vor meiner Haustür und überreicht mir einen Scheck über eine Million und dann kann ich auf den ganzen Scheiß hier scheißen." – „Gute Einstellung.", erwidert der Barkeeper wieder, nun mit einem kleinen Lächeln und schenkt Phil noch einmal das Glas voll.

In diesem Moment betritt ein weiterer Mann, in komplett dunkler, eher unscheinbar wirkender Kleidung, die Bar.

Als Phil gerade wieder das Glas ansetzen will, rempelt ihn der gerade hereingekommene Mann an. Phil schüttet sich dadurch ein wenig von seinem Getränk auf seinen Anzug. Der Mann stellt sich neben viel und die beiden schauen sich an. „Was!?", fragt der Mann dann Phil, in einem leicht aggressiven Ton. „Nun," antwortet Phil, mittlerweile doch sichtlich angetrunken, „das war nicht gerade rücksichtsvoll." „Und!?", fragt der Mann wieder, immer noch aggressiv, „Hast du ein Problem damit!?" – „Wir wollen hier keinen Ärger.", mischt sich der Barkeeper dann in die Situation. „Halt dich daraus!", keift der Mann daraufhin den Barkeeper an. „Schon gut.", sagt Phil, in einem ruhigen Ton, zum Barkeeper. „Nichts ist gut Freundchen!", faucht der Mann dann weiter, nun wieder in Phils Richtung. „Hören Sie,", sagt Phil dann, weiter in einem relativ ruhigen Ton, „lassen Sie mich einfach weiter meinen Drink genießen und wir vergessen die Sache. Okay?" Plötzlich holt der Mann aus und schlägt Phil direkt auf die Nase.

Wenige Augenblicke später wird Phil in den Armen des Barkeepers wach. Seine Nase blutet. „Geht es Ihnen gut?", fragt der Barkeeper besorgt. „Ja. Geht schon.", antwortet Phil, „Wo ist der Typ!?" Plötzlich hört man von draußen heftiges Reifenquietschen. Phil und der Barkeeper schauen aus dem Fenster. „Verdammt.", sagt Phil, nun scheinbar wieder ruhig. „War das Ihr Wagen?", fragt der Barkeeper. „Jap.", antwortet Phil. „Das tut mir leid.", erwidert der Barkeeper, „Bis ich hinter der Theke vorkam, hatte der Typ sich schon über Sie gebeugt und Ihre Taschen durchsucht. Soll ich die Polizei rufen?" – „Nein, nein.", antwortet Phil wieder komplett beruhigt, „Das mache ich dann von Zuhause." – „Soll ich Ihnen denn ein Taxi rufen?", fragt der Barkeeper weiter. „Gleich.", antwortet Phil, „Aber erst trinke ich noch einen." Der Barkeeper lächelt leicht und geht dann wieder hinter die Theke. Phil setzt sich wieder an diese. „Scheint wirklich nicht Ihr Tag zu sein.", fährt der Barkeeper dann fort, „Aber vielleicht sollten Sie auch eh kein Auto mehr fahren. Wer weiß was Ihnen da passiert wäre." Beide lachen kurz. „Ach verdammt!", sagt Phil dann, während er seine Taschen abtastet, „Meine Brieftasche ist auch weg!" – „Kein Problem.", erwidert der Barkeeper, „Sie haben bei mir Kredit und Geld für das Taxi gebe ich Ihnen auch mit. Kommen Sie einfach die Tage vorbei und bezahlen Sie es. Und wenn die Polizei mich als Zeuge brauch, stehe ich natürlich auch gerne zur Verfügung." Phil ist sichtlich dankbar, in Angesicht des Angebotes des Barkeepers und nimmt noch einen Schluck von seinem Gin Tonic, während der Barkeeper dann ein Taxi bestellt.

Als Phil dann mit dem Taxi vor sein Haus gefahren wird, ist es auf seiner Armbanduhr, die der Täter wohl entweder nicht gesehen hat oder als nicht wertvollgenug angesehen hat, dreizehn Uhr fünfundfünfzig.

Phil steigt aus und bezahlt das Taxi mit dem Geld, welches ihm der Barkeeper freundlicherweise noch gab.

Als das Taxi davonfährt, sieht Phil, dass sein Wagen in seiner Auffahrt steht.

Er geht langsam und vorsichtig zur Haustür. Diese steht bei näherer Betrachtung leicht offen. Phil öffnet sie ganz vorsichtig und betritt leise sein Haus.

Als Phil in sein Wohnzimmer geht, sieht er den Mann, der ihn vorhin in der Bar niederschlug, wie dieser gerade seine Schränke durchsucht. Der Einbrecher bemerkt Phil, dreht sich hektisch um und zieht eine Waffe: „Keine Bewegung!" – „Ganz ruhig.", erwidert Phil wieder in einem ruhigen Ton und geht dann ganz langsam in Richtung seiner Couch. „Ich sagte keine Bewegung!", schreit der Mann. „Schon gut.", erwidert Phil wieder, „Ich will mich nur setzen." Phil tut dies auch. Der Einbrecher zielt weiter, aber nun leicht irritiert wirkend, mit der Pistole auf Phil. „Warum machst du das?", fragt Phil dann. „Was!?", schreit der Einbrecher verwirrt. „Warum du das machst", fragt Phil noch einmal, „Ich meine andere Leute niederschlagen, ausrauben und all so was." – „Ich lebe davon.", lässt sich der Einbrecher dann auf das Gespräch ein. „Aber es gibt ungefährlichere Arten, seinen Lebensunterhalt zu bestreiten.", erwidert Phil, „Ungefährlicher für Sie, aber auch für die, die Sie ausrauben." – „Manchmal hat man eben keine Wahl!", sagt der Einbrecher laut. „Man hat immer eine Wahl.", erwidert Phil darauf wieder. Der Einbrecher scheint mehr und mehr verunsichert zu sein. „So beschissen,", fährt Phil dann fort, „wie mein Tag heute ist, kann dein ganzes Leben gar nicht sein." – „Du hast doch keine Ahnung!", schreit der Einbrecher. „Vielleicht kann ich dich ja besser verstehen, als du denkst.", sagt Phil, „Aber wie gesagt, ich finde, man hat immer eine Wahl." – „Was weißt du denn schon!?", schreit der Einbrecher weiter, „Hier, wohl behütet in deinem schmucken Häuschen, mit Frau und Job! Du weißt nicht, wie es ist, als Kind geschlagen zu werden! Von deinem eigenen Vater! Mit vierzehn auf der Straße zu landen und dann komplett auf sich gestellt und sich durchschlagen zu müssen!" Plötzlich hört man die Stimme von Karl, Phils Kumpel: „Phil!?" Der Einbrecher zielt hektisch Richtung Wohnzimmertür. Karl kommt zum Wohnzimmer und bleibt dann wie versteinert in der Tür stehen. Phil versucht die Chance zu nutzen, springt auf und hechtet auf den Einbrecher. Plötzlich löst sich ein Schuss. Phil ist getroffen! Er fällt, aus dem Bauch blutend, zu Boden. Aus den Augenwinkeln sieht er noch, wie der Einbrecher flüchtet. Karl kommt zu Phil und versucht Phil bei Bewusstsein zu halten. Doch langsam fallen Phils Augen zu…

Als sich Phils Augen, nach einer ganzen Zeit, wieder öffnen, befindet er sich in einem Krankenhauszimmer.

Eine hübsche Krankenschwester steht vor ihm, die ihn anlächelt. Phil lächelt zurück. „Hallo.", sagt die Krankenschwester. „Hallo.", erwidert Phil. „Können Sie sich an etwas erinnern?", fragt die Krankenschwester. „Ich kann mich erinnern, dass ich einen scheiß Tag hatte.", antwortet Phil. „Sie wurden vor ein paar Stunden, mit einer Schusswunde im Bauch, eingeliefert.", sagt die Krankenschwester, „Sie sind außer Lebensgefahr und wir konnten Sie stabilisieren. Wie fühlen Sie sich?" – „Außer den Schmerzen gut.", antwortet Phil wieder. „Ich werde die Dosis Ihrer Schmerzmittel erhöhen lassen.", erwidert die Krankenschwester, „Ihr Freund ist übrigens auch noch hier und möchte Sie sehen. Ich würde sagen, Sie verdanken ihm Ihr Leben." – „Lassen Sie ihn rein.", sagt Phil. Die Krankenschwester nickt mit einem Lächeln und geht dann hinaus.

Kurz darauf kommt Karl in das Zimmer. „Hey Phil.", sagt dieser. „Hey Karl.", erwidert Phil, „Danke!" – „Schon gut.", entgegnet Karl.

Die Krankenschwester betritt nun wieder das Zimmer, holt etwas, lächelt Phil dabei noch einmal an und geht wieder hinaus.

„Sie ist hübsch.", sagt Karl. „Ja, das ist sie.", erwidert Phil. Beide lächeln leicht. „Die Ärzte sagen, dass du bald wieder auf den Beinen sein wirst.", fährt Karl fort, „Und die Cops haben übrigens den Einbrecher, der dich angeschossen hat, geschnappt." Phil nickt. „Und da ist noch was.", redet Karl dann weiter, „Der Grund warum ich dich besuchen wollte ist, ich weiß, dass du einen guten Job hast und du musst dich auch nicht gleich entscheiden, außerdem musst du ja auch erst wieder auf die Beine kommen, aber bei mir im Büro ist eine Stelle frei geworden und wenn du

Interesse hättest, könnte ich dir die Stelle auch, bis du wieder gesund bist, freihalten. Überleg es dir einfach."

Phil muss daraufhin leicht anfangen zu lachen und lässt seinen Tag im Kopf Revue passieren...

Ende

Mann im Ohr

Mark, ein Typ, der sich eher unterdrücken und schnell entmutigen lässt, sitzt, mit einer Bierflasche in der Hand, verzweifelt in seinem Wohnzimmer. Es ist später Nachmittag. Er wartet auf seine attraktive Frau Rebecca, die vom Squashspielen immer noch nicht zurück ist.

Eine Stimme in Marks Ohr quält ihn: „Na? Machst du dir Gedanken um deine Frau? Sie ist wieder mit Scott unterwegs, richtig? Squashspielen... Ha!" – „Hör auf!", ruft er dann laut, um die Stimme in seinem Ohr zu unterdrücken.

Etwas später fährt ein rotes Cabriolet vor Marks Haus. Darin sitzen Scott, ein elegant wirkender Playboy, auf dem Fahrersitz und auf dem Beifahrersitz Rebecca, Marks attraktive Ehefrau.

„Ich beneide dich ja schon etwas um dein Cabriolet.", sagt Rebecca, mit ihrer lieblichen Stimme und strahlenden Augen, zu Scott. Dieser lächelt daraufhin. „Ach, und es ist heute auch so ein herrliches Wetter.", sagt Rebecca dann weiter und lässt sich zurück in den Sitz fallen. „Wie geht es eigentlich Mark?", wechselt Scott dann das Thema. „Ach,", antwortet Rebecca, „er hat gute und weniger gute Tage. Letzter Zeit häufen sich allerdings die weniger guten Tage. Der Verlust seiner Arbeit hat ihn in ein tiefes Loch geworfen. Unser Arzt hat ihm sogar schon Tabletten verschrieben." – „Helfen die?", fragt Scott weiter. „Bedingt", antwortet Rebecca wieder, „Der viele Alkohol, den er mittlerweile trinkt, ist sicherlich nicht förderlich dabei."

Mark sitzt noch auf dem Sofa. Er hört wie eine Autotür zu schlägt. „Sie kommen.", sagt Marks Mann im Ohr. Mark steht auf und geht zum Fenster, von wo aus er Rebecca sieht, wie sie, über der Beifahrertür ins Cabriolet gelehnt, mit Scott spricht.

„Ich danke dir Scott.", sagt Rebecca. „Wofür denn?", fragt Scott. „Für diesen schönen Tag.", antwortet Rebecca. Scott lächelt leicht verschämt. „Sehen wir uns nächste Woche wieder, zu einem neuen Spiel?", fragt er sie dann. „Bestimmt.", antwortet Rebecca. „Na dann bis nächste Woche.", fährt Scott fort, „Und Grüße an Mark." Rebecca nickt nur, mit einem scheinbar leicht gequälten Lächeln.

Mark beobachtet die beiden weiter vom Fenster aus. „Siehst du, wie er deine Frau bezirzt?", sagt Marks Mann im Ohr.

Scott fährt davon. Rebecca schaut ihm nach.

„Er will sie dir wegnehmen.", macht die Stimme in Marks Ohr weiter, „Willst du das zulassen?" – „Vielleicht ist es besser wenn sie geht.", antwortet Mark der Stimme, „Er kann ihr mit Sicherheit mehr bieten als ich."

Rebecca läuft zur Haustür.

Mark läuft nun ebenfalls die paar Schritte zur Tür und stellt sich wartend davor.

Rebecca betritt das Haus. Als sie Mark da stehen sieht, stockt sie erst kurz, scheinbar erschrocken. Dann schließt sie die Haustür und begrüßt Mark: „Hallo Schatz." – „Hörst du wie höhnisch sie Schatz sagt?", mischt sich Marks Stimme im Ohr ein. „Was ist denn los?", fragt Rebecca dann, nachdem Mark einfach nur weiter da steht, ohne etwas zu sagen und sie anstarrt. Plötzlich kneift Mark seine Augen etwas zusammen. „Hattest du Spaß?", fragt er Rebecca dann in einem harschen Ton. „Was meinst du?", stellt Rebecca als Gegenfrage, scheinbar leicht verwirrt. „Tu nicht so.", antwortet Mark dann, in einem scharfen Ton, „Ich meine mit Scott." – „Ach Mark.", erwidert Rebecca dann, in einer ruhigen Tonlage und läuft auf Mark zu, „Du weißt doch, dass er mich ablenkt. Und du weißt auch, dass wir nur Freunde sind." Rebecca will ihre Arme um Marks Hals legen, doch dieser stößt sie weg. „Fass mich nicht an!", faucht Mark. Rebecca macht einen Schritt zurück und ist sichtlich erschrocken. „Von was lenkt er dich ab?", faucht Mark weiter, „Von mir!? Musst du dich von ihm ablenken lasse, damit du nicht an mich denken musst?" – „Jetzt werde nicht kindisch.", erwidert Rebecca, nun ebenfalls in einem härteren Ton, „Hast du deine Tabletten genommen?" – „Meine Tabletten!?", faucht Mark wieder, „Du willst mich unter Drogen setzen, damit ich nicht mitkriege, was ihr beiden treibt. Steckt unser Arzt auch da mit drin? Hast du ihn auch bezirzt?" – „Du bist paranoid.", erwidert Rebecca, nun mit einem mehr entsetzten Unterton, „Hast du getrunken?" – „Ich bin völlig klar!", rechtfertigt sich Mark, scheinbar selbst vergessend, dass er noch eine Bierflasche in der Hand hält, „Ich habe gesehen, welche Augen du ihm machst und wie er das erwidert!" – „Du bist krank.", ist das einzige, was Rebecca dazu noch, kopfschüttelnd, einfällt. „Ich soll krank sein!?", brüllt Mark, „Du bist krank! Mit deinem doppelten Spiel!" – „Sorry Mark.", sagt Rebecca nun wieder sehr gefasst, „Ich kann mir das nicht länger antun. Komm erstmal wieder klar." Sie dreht sich wieder um und geht aus der Haustür heraus und schließt diese hinter sich. Mark bleibt scheinbar versteinert stehen.

Erst nach einer Weile, setzt sich Mark wieder auf die Couch. „Tja,", beginnt Marks Stimme im Ohr wieder, „jetzt ist sie weg. Und du hast sie vertrieben. Jetzt bist du allein. Wieder völlig allein." – „Sei ruhig!", brüllt Mark wieder. „Bist du nicht froh,", fährt die Stimme im Ohr fort, „dass sie weg ist? Du hast doch gesagt, dass sie es bei Scott sicher besser hätte. Und was meinst du, wo sie jetzt hingeht?" Mark packt sich fest an die Schläfen und lässt die Bierflasche auf den Boden fallen. Dabei verzehrt er sein Gesicht, fast wie schmerzerfüllt. „Was willst du jetzt tun?", macht die Stimme in Marks Ohr weiter, „Dich weiter dem Alkohol hingeben? Oh, das habe ich ja vergessen, du hast ja dein letztes Bier gerade fallen lassen und nun läuft es schön über den Teppich. Jetzt sind ja deine Vorräte aufgebraucht. Eieiei. Und so willst du doch sicher nicht vor die Tür gehen? So ein Ärger." Plötzlich springt Mark auf. „Ich werde dem Ganzen ein endgültiges Ende setzen.", brüllt er dabei entschlossen.

Mark verlässt das Wohnzimmer. Er geht in das Schlafzimmer. Dort holt er seinen Revolver aus dem Nachttisch. Dann geht er mit diesem wieder zurück in das Wohnzimmer. Er stellt sich mitten in den Raum. „Mein Leben hat keinen Sinn mehr. Also kann ich es auch beenden.", sagt er zu sich selbst. „Warum willst du dich selbst bestrafen?", fragt dann seine Stimme im Ohr, „Es sind doch Rebecca und Scott, die dich unglücklich machen." Mark packt sich wieder an die Schläfen, mit erneut verzehrtem Gesicht. „Solltest du den beiden nicht lieber eine Lektion erteilen?", macht die Stimme in Marks Ohr höhnisch weiter.

Währenddessen wird die Haustür von außen aufgeschlossen.

„Stell dir vor,", fährt die Stimme fort, „die beiden kämen jetzt gerade die Haustür herein. Und das nur, um dich auszulachen." Mark zielt daraufhin mit dem Revolver in Richtung Haustür. Rebecca betritt das Haus und bleibt erschrocken stehen. Mark stößt einen Schrei aus und drückt ab. Rebecca wird getroffen und fällt tot zu Boden. Mark steht da wie versteinert. „Was habe ich getan?", fragt er sich selbst. „Du hast sie erschossen.", antwortet seine Stimme im Ohr, „Jetzt wird sie dich nie wieder verletzen können." Mark scheint völlig verwandelt apathisch. „Was soll ich jetzt tun?", fragt er sich selbst weiter. „Du musst sie loswerden.", antwortet seine Stimme weiter, „Wirf sie in dein Auto und vergrabe sie tief in der Wildnis, wo sie keiner finden kann."

Gesagt, getan. Mark trifft alle Vorbereitungen. Schaufel, Decken, etc. er fährt mit Rebeccas Leiche weit raus in die Wildnis und vergräbt sie. Auf dem Rückweg hält er an einem kleinen Kiosk an und holt sich eine Flasche Whisky. Dass er völlig verdreckt ist und nicht wirklich anwesend zu sein scheint, scheint keinen wirklich zu interessieren.

Als Mark wieder nach Hause kommt, setzt er sich, mit der Whisky Flasche wieder auf seine Couch. „Siehst du,", fängt Marks Stimme im Ohr dann wieder an, „es ist alles gut. Du solltest jetzt langsam schlafen gehen. Und morgen nehmen wir uns Scott vor." Der Mann fängt an zu lächeln. Dann nimmt er noch einen kräftigen Schluck aus der Flasche, stellt diese dann auf den Tisch und geht anschließend ins Bett.

Am nächsten Morgen wird Mark von seiner Stimme im Ohr geweckt: „Guten Morgen Mark. Aufwachen. Die Sonne ist schon da." Mark öffnet langsam seine Augen. „Denk dran,", fährt die Stimme im Ohr fort, „wir wollten heute Scott besuchen. Wenn wir uns beeilen, erwischen wir ihn noch, bevor er das Haus verlässt." Plötzlich reißt Mark seine Augen ganz weit auf: „Oh nein! Was habe ich gestern getan!? Rebecca!" Seine Stimme im Ohr weiß auch darauf wieder was zu sagen: „Du hast getan, was du tun musstest. Und jetzt müssen wir das Werk zu Ende führen. Scott und Rebecca sind die Bösen. Sie haben Schuld daran, dass es so gekommen ist. Und jetzt ist Scott mit seiner Lektion dran." Marks Gesichtsausdruck wird von geschockt wieder zu ernst und grimmig.

Etwas später steht Mark vor Scotts Haustür. Er klingelt. Scott öffnet die Tür. „Mark.", sagt Scott überrascht, „Was machst du hier und dann auch noch so früh? Alles in Ordnung? Ich wollte eigentlich gerade zur Arbeit, aber komm ruhig rein."

Mark betritt das Haus und Scott schließt hinter ihm die Tür.

Die beiden gehen in Scotts großes, teuer eingerichtetes Wohnzimmer. „Also Mark,", sagt Scott, „womit kann ich dir helfen?" – „Seine Freundlichkeit kotzt mich an.", sagt die Stimme im Ohr zu Mark. Nachdem Scott keine Antwort erhält, redet er erstmal weiter: „Möchtest du vielleicht etwas trinken? Es ist zwar nicht meine Zeit, aber was soll's, ich mache uns beiden erst einmal einen Drink." Scott dreht sich zur Hausbar und mixt zwei Drinks. „Jetzt mach ihn fertig!", sagt die Stimme zu Mark, während dieser Scott beim Herstellen der Drinks zusieht. Mark zieht den Revolver am Rücken aus seinem Hosenbund und zielt auf Scott. Scott sieht dies im Spiegel über der Bar. Er wirft sich zu Boden, im gleichen Moment, als Mark gerade schießt. Der Spiegel über der Bar zersplittert. Scott springt wieder auf und wirft sich auf Mark. Sie ringen am Boden. Plötzlich löst sich ein weiterer Schuss. Beide schauen sich mit offenen Augen an. Scott steht auf. Mark bleibt stark blutend, mit einer Schusswunde im Bauch, am Boden liegen. „Jetzt ist es vorbei.", sagt die Stimme in Marks Ohr, „Es ist vorbei. Du wirst mit Rebecca wieder vereint sein. Für immer und ewig." – „Rebecca…", stöhnt Mark noch leise und stirbt.

Scott atmet tief durch. Dann nimmt er sein Handy und ruft die Polizei: „Hallo? Polizei? Hier ist gerade etwas Schreckliches passiert…"

Ende

Und man kriegt halt manchmal auch gar nicht so wirklich mit, was passiert; für einen anderen ergibt es vielleicht einen Sinn oder gar Fortsetzung; oder doch nur ein Déjà-Vu oder etwas ganz anderes?

Die neuen Nachbarn von Gegenüber

Thomas und Rosalie leben schon lange in ihrem Häuschen, in einer ruhigen Straße, auf einem beschaulichen Dörfchen.

Sie sind schon lange verheiratet.

Thomas ist bereits in Rente. Er war früher Angestellter in einer Sicherheitsfirma. Seine Frau Rosalie braucht noch ein paar Jahre bis sie in Rente kann. Sie arbeitet in einem Steuerbüro als Sachbearbeiterin.

Vor kurzem sind gegenüber in das Haus von Thomas und Rosalie neue Nachbarn eingezogen, die aber noch nicht wirklich jemand zu Gesicht bekommen hat.

Natürlich fragt sich jeder in der Straße, wer denn die neuen Nachbarn sind. Sind sie nett? Ist es junges frisch verliebtes Pärchen in seiner ersten Wohnung? Ist es ein Ehepaar was nur Ruhe vor der großen, hektischen Stadt sucht? Doch außer dass man mal sehen konnte, dass es sich eben um ein Paar handeln muss, bekam man von den neuen Nachbarn gegenüber noch nichts zu sehen.

Eine Tages kann Thomas nicht schlafen. Er geht in die Küche und holt sich ein Glas Wasser. Dann geht er in das Wohnzimmer und öffnet die Vorhänge einen kleinen Spalt und sieht hinaus.

Er sieht, wie ein langhaariger Mann torkelnd aus dem Haus gegenüber kommt und zu einem schwarzen BMW, mit getönten Scheiben und Heckspoiler, läuft. Thomas beobachtet diesen Mann. Der langhaarige Mann geht zu dem Wagen, sucht seine Schlüssel, die er dann schließlich findet und sich wie eine Trophäe anschaut, bevor er den Wagen aufschließt und sich hinein setzt. Thomas beobachtet den Mann weiter. Der Mann sitzt eine Zeitlang mit offener Fahrertür in seinem Wagen. Erst nach einiger Zeit schließt er diese, startet dann Motor und fährt schließlich mit quietschenden Reifen und leicht schlingern davon.

Das ganze erscheint Thomas sehr skurril. Vielleicht haben die neuen Nachbarn ja aber auch nur eine Party gefeiert; aber ich würde meine Gäste dann nicht betrunken nachhause fahren lassen.

Schließlich bleibt Thomas´ Reaktion einen einfach Schulterzucken. Dann nimmt er noch einen Schluck Wasser und geht wieder ins Bett zu seiner Frau, um vielleicht doch noch etwas zu schlafen.

Am nächsten Tag, Rosalie ist auf der Arbeit, beobachtet Thomas, wie über den Tag hinweg, immer mal wieder verschiedene Personen in das Haus gegenüber hinein und wieder hinaus gehen, so als würden sie selbst dort wohnen. Ist vielleicht doch eine ganze Wohngemeinschaft gegenüber eingezogen und nicht nur das vermutete Pärchen?

Als Rosalie von der Arbeit zuhause ist und sie und Thomas zum Abendbrot zusammensitzen, philosophieren sie wieder über die neuen Nachbarn. Thomas berichtet, dass eventuell doch mehr Personen gegenüber eingezogen sind, als nur das Paar, welches man schon kurz zu Gesicht bekam. Und auch seine Beobachtung in der Nacht, mit dem langhaarigen Mann und dem BMW, schildert er seiner Frau, und dass das verantwortungslos sei, jemanden in diesem Zustand Autofahren zu lassen.

Nach dem Abendbrot schauen Rosalie und Thomas und ein wenig Fernsehen. Anschließend gehen sie gemeinsam ins Bett.

Die nächsten Tage ist nichts Auffallendes bei den Nachbarn gegenüber zu sehen. Im Gegenteil. Es scheint niemand da zu sein. Auch der Briefkasten wird immer voller und voller. Vielleicht sind sie im Urlaub? Aber sie hätten doch wenigstens jemanden bescheid geben können, der sich um ihre Post kümmert? Nun gut, so ist es halt; ist ja ihr Problem.

Eines Morgens fällt Thomas auf, als er aus dem Fenster blickt, dass der Briefkasten der Nachbarn gegenüber, der gestern noch übergequollen ist vor Briefen und Zeitungen, nun leer ist. Vielleicht sind die neuen Nachbarn, ob es nun einen Pärchen ist oder doch eine Wohngemeinschaft heute Nacht von ihrem Urlaub zurückgekommen. Gesehen oder gehört hatte man keinen.

Thomas geht wieder weg vom Fenster und geht in die Küche, um sich einen Kaffee zu machen und die Morgenzeitung hereinzuholen und zu lesen.

Über die nächsten Wochen hinweg wiederholen sich genau diese Ereignisse: Verschiedene Personen, manche die man schon mal gesehen hat, manche aber auch noch nicht, gehen in dem Haus gegenüber ein und aus; manchmal fällt auch mitten in der Nacht jemand scheinbar betrunken aus dem Haus, sind aber zumindest in den meisten Fällen so vernünftig nicht mehr zu fahren und torkeln einfach die Straße entlang, so wie der Mann in der auffällig bunten Jacke in der letzten Nacht; mal füllt sich der Briefkasten über mehrere Tage immer mehr und mehr, bis er plötzlich wieder leer ist, dabei sieht man dann auf einmal keine Menschenseele mehr in dieser Zeit im Haus gegenüber, bis dann eben wieder ein reges Rein und Raus in diesem Haus herrscht.

Durch seine Erfahrungen im Sicherheitsgewerbe, kommen Thomas die ganzen Geschehnisse in dem Haus gegenüber sehr verdächtig vor. Doch er ist ja in Rente und warum soll er sich in Dinge einmischen, die ihn nichts angehen und nicht direkt betreffen. Außerdem ist es zwar ungewöhnlich, was sich im Haus gegenüber beobachten lässt, aber es ist ja nicht illegales oder so, sieht man mal von dem betrunken autofahrenden langhaarigen Mann mit dem BMW ab. Partys feiern darf man ja.

Eines Nachts gibt es dann aber doch wieder eine etwas mehr oder weniger beunruhigende Szenerie vor dem Haus gegenüber:

Man hört mitten in der Nacht lautes Gekreische, wovon Thomas und Rosalie geweckt werden. Es klingt nach einer Frauenstimme und mindestens einem Mann. Es klingt nach einem Streit.

Thomas und Rosalie stehen auf, um aus ihrem Schlafzimmerfenster zu schauen, was da draußen los ist.

Sie sehen im Licht der Straßenlaternen das Pärchen, was die mutmaßlichen neuen Mieter des Hauses gegenüber sind, und einen weiteren Mann. Die Frau hält einen relativ großen und scheinbar schweren schwarzen Koffer in der Hand. Sie brüllt ihren vermeintlichen Freund oder Mann an, der ihr gegenüber steht und das ein oder andere Mal wild mit den Händen gestikuliert, sich dann kopfschüttelnd abwendet, um sich dann erneut mit wilden Gesten seiner Frau oder Freundin zuzuwenden. Der zweite Mann steht scheinbar nur wie ein Zuschauer etwas abseits neben den beiden. Man versteht nicht wirklich, um was es in dem Streit geht. Es ist auch nicht wirklich auszumachen, ob die beteiligten Personen etwa unter Alkoholeinfluss oder ähnlichem stehen. Schließlich dreht sich die Frau um, geht zu einem weißen älteren Wagen, dessen Marke nicht wirklich zu erkennen ist, und fährt mit durchdrehenden Reifen davon. Der Mann, mit dem sie gestritten hat, schreit ihr noch etwas hinterher; etwas wie: „Dann verpiss dich doch du Fotze!" und „Du wirst schon sehen was du davon hast!" oder sowas ähnliches. Dann geht der Mann zu dem anderen Mann, legt seinen Arm um dessen Schultern und beide gehen wieder in das Haus gegenüber.

Rosalie überlegt, ob man nicht die Polizei rufen sollte. Thomas winkt nüchtern ab. Sowas kommt doch für in jungen Beziehungen und sicher kommt die Frau in ein paar Tagen auch wieder zurück und alles ist gut. Und es ist ja nichts zu Bruch gegangen und es wurde ja auch keiner handgreiflich. Und die eigentliche Ruhestörung ist ja nun auch wieder vorbei.

So gehen Thomas und Rosalie wieder in ihr Bett und schlafen weiter, ohne sich weitere große Gedanken über das eben geschehene zu machen.

Die nächsten Tage verlaufen auffällig unauffällig, was das Haus gegenüber betrifft.

Nach ein paar Tagen steht auch wieder der weiße älter Wagen vor dem Haus und Thomas sieht sich bestätigten in seiner Vermutung, dass es sich eben um einen Ehestreit oder ähnliches gehandelt haben muss und die Frau nun eben doch wieder zurückgekehrt ist.

Eines Tages sitzt Thomas auf seiner Terrasse und lässt sich von der satten Sommersonne bräunen.

Zwei Männer kommen, die für dieses Wetter doch recht warm angezogen scheinen. Einer der beiden Männer, er trägt eine große Sporttasche mit sich, bleibt stehen, schaut zu Thomas rüber und scheint ihn zu Mustern. „Ricky!", sagt dann der andere Mann, der noch ein Stück weiter gelaufen ist, „Komm schon." Der Mann mit der Sporttasche geht zu seinem Freund, der ihn gerufen hat. Anschließend gehen die beiden Männer in das Haus gegenüber. Es ist ja nichts Neues und Ungewöhnliches mehr, dass in dem Haus gegenüber Menschen ein- und ausgehen. Und Thomas denkt sich auch nichts dabei, nur weil der eine Mann ihn beim Sonnenbad gemustert hat.

Etwas später, es dauert gar nicht lange, kommen die beiden Männer wieder aus dem Haus heraus. Der eine Mann, der Ricky genannt wurde, hat die Sporttasche nun nicht mehr bei sich. Dafür trägt der andere Mann nun einen braunen Aktenkoffer bei sich. Nun schauen beide Männer in Thomas´ Richtung, laufen dabei aber weiter die Straße entlang, aus der Richtung, aus der sie gekommen sind, und verschwinden wieder.

Thomas hat keine Lust sich darüber Gedanken zu machen wer oder was diese Typen waren und es ist doch viel zu heiß und viel zu gemütlich hier in der Sonne, als sich darüber den Kopf zu zerbrechen.

Eines Nachts wird Thomas von lautem Türenknallen wach.

Als er die Augen öffnet sieht er, dass sein Schlafzimmer von Blaulicht durchflutet wird.

Er steht auf und geht an das Schlafzimmerfenster. Rosalie wird dadurch auch wach und fragt was los sei. Als sie das Blaulicht an den Schlafzimmerwänden bemerkt und ihr Mann ihr keine Antwort gibt, steht sie ebenfalls auf und geht zu ihrem Mann ans Fenster.

Sie sehen einige Polizeiwagen, nicht gerade wenige, vor dem Haus gegenüber stehen. Einige Polizisten stehen zwischen den Wagen und scheinen mit ihren Waffen in Richtung des Hauses zu zielen.

Dann kommen einige Menschen aus dem Haus raus. Es sind Polizisten, die unter anderem das vermeintliche Pärchen, aber auch noch weitere Personen in Gewahrsam genommen haben. Die Festgenommenen Personen scheinen dies mehr oder weniger gut über sich ergehen zu lassen und werden in den Polizeiwagen aufgeteilt.

Nach nur wenigen Augenblicken scheint der Spuk vorbei.

Rosalie und Thomas schauen sich an. Thomas zuckt mit den Schultern und geht zurück ins Bett. Rosalie schaut noch einen Moment aus dem Fenster, bis sie sich auch entschließt, sich ebenfalls wieder in das Bett zu ihrem Mann zu legen.

Die nächsten Tage passiert nichts im Haus gegenüber.

Eines Morgens liest Thomas in der Zeitung, dass es sich im Haus gegenüber scheinbar um einen mutmaßlichen Umschlagplatz für Drogen, Waffen und Geldwäsche gehandelt haben soll und mehrere Verdächtige, darunter das Pärchen, welches das Haus angemietet hat und die Drahtzieher von allem sein sollen, festgenommen wurden.

Unglaublich! Und das in unserer Nachbarschaft!

Thomas liest weiter in seiner Morgenzeitung und trinkt seinen Kaffee.

Am Abend, als Rosalie von der Arbeit kommt, erzählt Thomas ihr von der unglaublichen Geschichte.

Ende

Spät nachts in einer Bar

Spät in der Nacht tritt ein Mann mit einer auffällig bunten Jacke an den Eingang einer Bar heran.

Er greift den Griff der Tür und versucht diese zu öffnen, doch sie scheint zu klemmen. Der Mann rüttelt an der Tür und fängt nach nur relativ kurzer Zeit an zu fluchen.

Plötzlich geht die Tür auf und ein Pärchen kommt aus der Bar.

Sie lächeln sich an. „Ich liebe dich Simon.", sagt die Frau und sie gehen Arm in Arm zu einem Firebird der auf der Straße vor der Bar steht, steigen ein und fahren davon.

Kurz irritiert, die offene Tür in der Hand haltend und dem Pärchen hinterherschauend, betritt der Mann in der bunten Jacke schließlich die Bar.

Der Mann in der bunten Jacke geht an einem Tisch vorbei, an dem ein Mann sitzt, der gerade ein Gespräch an seinem Handy annimmt: „Jimmy Johnson, Ihr Mann für alle Fälle, wie kann ich Ihnen helfen?"

Dann kommt der Mann in der bunten Jacke an einem Tisch vorbei, an dem eine Dame sitzt, die in ihr E-Book vertieft ist.

An einem anderen Tisch setzt sich gerade ein Pärchen hin. „Es war einfach Schicksal, dass du in unser Krankenhaus gebracht wurdest Phil.", sagt die Frau strahlend zu ihrem Begleiter.

Das Ziel des Mannes in der auffällig bunten Jacke ist die Theke.

Des Weiteren sind in der Bar nur ein langhaariger Mann an einem Tisch, der über etwas sehr schwerwiegendes nachzudenken scheint, an einem weiteren Tisch ein Mann mit irrem Blick, der etwas vor sich her brummelt, dann am anderen Ende der Theke ein Mann, der sich ständig umsieht und hektisch mit den Beinen wippt und den Anschein erweckt, als wäre er auf Entzug, und dann noch in einer Ecke ein paar Heranwachsende, die Spaß zu haben scheinen.

Der Barkeeper geht zu dem Mann in der auffällig bunten Jacke, der mittlerweile auf einem Hocker an der Theke sitzt, und fragt diesen, was er denn gerne zu trinken hätte.

„Gin Tonic bitte.", sagt der Mann in der auffällig bunten Jacke. „Kommt sofort.", erwidert der Barkeeper, der ein paar Schritte zur Seite macht und dort den Gin Tonic zubereitet, um diesen dann dem Mann in der bunten Jacke zu geben.

Dieser bedankt sich, nimmt das Glas und dann einen tiefen Schluck. Nachdem er das Glas wieder auf den Tresen stellt, beginnt der Mann in der bunten Jacke plötzlich eine Geschichte zu erzählen. „Wissen Sie,", beginnt der Mann in der bunten Jacke dem Barkeeper zu erzählen, „ich habe gerade meine Frau betrogen. Aber das Absurde ist nicht mal, dass ich wie gesagt meine Frau betrogen habe, sondern wie es dazu kam und das ganze drum herum." Dann macht der Mann in der bunten Jacke eine kurze Pause und lacht leicht. Der Barkeeper schaut, als wenn er solche Geschichten schon tausend Mal gehört hätte. „Wissen Sie," fährt der Mann in der bunten Jacke dann fort, „ich war in einer Bar. Ähnlich wie diese. Und habe da auch nur an der Theke gesessen und meinen Gin Tonic getrunken. An einem Tisch saßen eine Frau und zwei Männer, die, sehr offensichtlich, sehr viel Spaß hatten. Nun schließlich luden sie mich zu sich rüber. Ich ließ mich eine ganze Zeit lang bitten, gesellte mich dann aber schließlich doch zu ihnen. Wir tranken etwas. Feierten. Es machte Spaß. Schließlich gingen wir alle zusammen noch zum Haus der Frau. Oder war es die Wohnung eines der Männer? Oder wohnten sie dort in einer Wohngemeinschaft? Ich weiß es nicht mehr. Ist ja auch egal. Auf jeden Fall holte irgendwann einer von ihnen Drogen hervor. Ich kam mir vor wie ein Teenager. Ich habe sowas schon seit fünfundzwanzig Jahren nicht mehr gemacht. Und wenn, dann habe ich nur mal an einem Joint gezogen. Aber die haben auf jeden Fall richtig aufgefahren. Da waren Drogen dabei, von denen habe ich nur gehört, oder teilweise noch nicht einmal das. Naja, auf jeden Fall kam dann das eine zum anderen. Und plötzlich war die Frau nackt. Dann hat erst einer der Männer, dann beide, angefangen die Frau zu küssen und zu streicheln. Wieder haben sie mich aufgefordert mitzumachen. Die Skrupel dass ich verheiratet bin kamen nur kurz auf. War diese Frau doch so makellos. Und die Drogen taten dabei sicher ihr übriges. Auf jeden Fall wurde es dann eine richtige Sexorgie. Die Frau, die beiden Männer und ich. Ich will ihnen gar nicht erzählen, welch perverse Spielchen wir anstellten. Aber es hat Spaß gemacht. Es hat wirklich Spaß gemacht. Als die anderen drei dann langsam einschliefen, wurde mir bewusst, was ich getan habe. Meine Gedanken galten meiner Frau. Ich habe mich so geschämt, für das, was mir doch so viel Freude machte. Ich suchte meine Klamotten zusammen, zog mich an und verließ das Haus. „Und dann sind Sie hier gelandet.", sagt der Barkeeper trocken, als der Mann in der bunten Jacke wieder zu einer kurzen Pause ansetzte. „Und dann bin ich hier gelandet.", erwidert der Mann in der bunten Jacke zum Barkeeper blickend. „Ich traue mich noch nicht nach Hause.", sagt der Mann in der bunten Jacke weiter, macht nochmal eine kurze Pause trinkt noch einen Schluck Gin Tonic. „Oh

man.", sagt er lacht dann wieder leicht. „Wissen Sie,",
erzählt der Mann in der auffällig bunten Jacke dann weiter,
„eigentlich hätte mir von Anfang an klar sein müssen, dass
ich mich da auf etwas Absurdes einlasse. Vielleicht war es
mir ja sogar klar. Denn ehrlich gesagt waren die Frau und
die beiden Männer sehr zwielichtige Gestalten. Aber wenn
ich mich hier so umsehe, sind hier auch ganz schön viele
zwielichtige Typen." Dann schaut sich der Mann in der
auffällig bunten Jacke in der Bar um.

Während er den Mann, der immer noch, nur energischer,
am Tisch sitzt und scheinbar mit sich selbst streitet, den
nachdenklichen Langhaarigen, das Pärchen, den Mann der
telefoniert, die Dame mit dem E-Book, am anderen Ende
der Theke den Mann, der scheinbar auf Entzug ist, und die
Jugendlichen in der Ecke, sitzen sieht, scheinen diese
Personen leicht zu verschwimmen, gerade so als würden
sie gleich verschwinden.

Dann dreht sich der Mann in der auffällig bunten Jacke
wieder zum Barkeeper. „Oh Mann.", sagt der Mann
währenddessen, „Die Drogen scheinen noch ganz schön
rein zuhauen."

Als der Mann in der bunten Jacke dann aber feststellt, dass
der Barkeeper auch geradezu zu verschwinden scheint,
hält der Mann inne.

Plötzlich stehen links und rechts je ein Polizist neben dem
Mann.

Diese packen den Mann in der auffällig bunten Jacke und heben ihn vom Hocker runter. „Hey, hey! Was sollst das?", brüllt der Mann in der bunten Jacke dabei, ohne sich wirklich zur Wehr setzen zu können. „Sie können mich hier doch nicht einfach... Ich habe doch nichts gemacht... Ich habe mich doch nur unterhalten... Und ich Muss doch noch...", brüllt der Mann in der bunten Jacke, währen die beiden Polizisten ihn Richtung Tür tragen. Beim letzten Satz fällt dem Mann in der auffällig bunten Jacke auf, dass in der Bar gar keiner ist, außer ihm und den beiden Polizisten. Und nicht nur das, auch scheint ihn der Bar sowieso schon lange keiner mehr gewesen zu sein, denn alles ist verfallen und dreckig.

Draußen wird der gänzlich verwirrte Mann in der auffällig bunten Jacke von einem der Polizisten auf den Rücksitz des Polizeiwagens gesetzt; ganz ohne Gegenwehr oder gar überhaupt mit irgendwelcher Worte.

„Der Lärm war ein offensichtlich verwirrter Mann, der in die alte, leerstehende Bar eingedrungen ist.", gibt der andere Polizist derweil per Funk durch, „Wir haben ihn nun erstmal festgenommen und bringen ihn mit aufs Revier, um seine Personalien festzustellen."

...

Ende

Einblick

Damit dürften Sie nun dann doch auch ein wenig Einblick in meine Belleristik haben.

Ich hoffe Sie hatten mit diesen Werken Spaß und vielleicht auch ein wenig gedankliche Anteilnahme und Ablenkung.

Und schon wieder kommt mir die Zeit in den Sinn. Sie bestimmt eben unsere ganze Realität. Sie ist das, was wir kennen und wonach wir uns seit Generationen richten und zwar in so ziemlich allem was wir tun.

Vielleicht hier fürs Erste einen kleinen Abschluß finden und dies vielleicht noch mit einem kleinen Gedicht von mir zu dem Thema Zeit:

Die Gedanken kommen und gehen.
Alles kann zu jederzeit geschehen.
Muss man sich dem ergeben?
Kann man steuern das Leben?
Es ist alles geschrieben in Sekunden.
In Menschenzeit kaum zu erkunden.

Fazit

Da es ja hier vom Titel her eine Abhandlung ist, müsste es doch am Ende auch eine Art Fazit geben, oder? Nun ich hoffe dass Sie alle auf Ihre Art und Weise Ihre Fazits ziehen.

Auf dann.

Impressum

ISBN: 978-3-7494-8590-1

Herstellung und Verlag:

BoD - Books on Demand, Norderstedt